이 과장의 퇴근주

글. 이창협 그림. 양유미

퇴근 후 시작되는 이 과장의 은밀한 사생활

지콜론북

일러두기

† 본 도서는 국립국어원 표기 규정을 기본으로 하였으나 고유명사와 일부 단어의 경우 실제 사용하는 용어로 표기하였습니다. 일부 입말로 굳어진 경우에는 작가의 표기를 따랐습니다.

† 도서명은『 』, 영화, 노래, 가게명은 < >로 표기하였습니다.

제1부서

인사팀

제2부서

영업팀

제3부서

총무팀

Prologue

연애 시절, 전 여자 친구(현 아내)는 내가 '좋아하는 것을 좋아하는 사람'이라 말했다. 나는 나를 그렇게 생각해 본 적은 없다. 다만 무언가를 싫어하는 것보다는 좋아하는 게 좀 더 즐겁다고는 생각한다. 술에 대해 이야기하는 것을 좋아하지만 이렇게 책까지 쓰게 되리라고는 생각해 본 적이 없었다. 책을 처음 써보는 상황에서 잘 몰라 하니까 아내는 물구나무서기를 해본 적 있냐고, 물구나무서기는 파트너를 믿어야지 할 수 있는 거라고 말했다. 물구나무서기를 하듯이 자기를 믿고 힘차게 발을 구르라고. 틀림없이 잡아줄 테니까. 그렇지만 사실 나는 물구나무서기를 해본 적이 있고, 파트너를 그렇게까지 믿어서는 안 된다는 사실도 그때 깨달았다. 정작 아내는 물구나무서기를 해본 적이 없다고 한다. 과연 아내는 믿을 만한 파트너인가 아닌가. 그 결과는 알 수 없지만 어찌 되었든 나는 머리를 땅으로, 발은 하늘로 힘차게 밀어 올려 믿어 온 세상을 뒤집어 보기로 했다.

이 책은 나의 아주 사적인 음주 생활과 직장 생활에 관한 기록이다. *10*여 년간 직장 생활을 하며 겪은 사사로운 에피소드와 그보다 오랜 나의 음주 생활을 통해 조금씩 알게 된 술에 관한 소소한 이야기들이다. 쓰려고 했던 이야기는 더 많았다. 글감을 두고 고민하는 가운데 몇몇 꼭지는 기준에 부합하지 않아 잘려 나갔다. 기준은 단순했다. '나중에 리사가 읽었을 때 공감하기 어려운 이야기는 쓰지 말아야지.' 리사는 이제 막 *10*개월이 된 나의 딸이다. 이 이야기를 아내에게 했더니 한마디가 돌아왔다.

"오래가는 이야기를 쓰고 싶었군요."

생각해 보니 그랬다. 나는 오래도록 사랑받는 평범한 사람의 이야기를 들려주고 싶었다. 별로 자극적인 구석도, 짜릿한 쾌감도 없는 아주 보통의 이야기와 아주 보통의 일상들을 이 책에 담았다. 비범하고 싶은 욕망이 없다면 거짓말이다. 그러나 내가 비범하고 싶은 것은 때때로일 뿐이다. 대체로 평범하고 때때로 비범한 것이 내가 바라는 삶의 모습이다. 다른 모든 이와 마찬가지로. 그런 사람들이 나의 이야기를 보고 공감을 해준다면 더할 나위 없는 기쁨이겠다. 이 책이 여러분의 음주 생활을 조금 더 자유롭게 하는 데 기여할 수 있기를 바란다.

이창협

연애할 때 이 과장과 대화하는 것이 짜릿했다. 그는 언제나 나의 두루뭉술한 생각에 꼭 맞는 언어를 찾아주었고, 나는 그것이 참 좋았다. 그의 말이 유별하게 새롭다거나 재미있다는 것은 아니다. 실력 좋은 재단사가 만든 맞춤옷을 입는 것처럼 나의 관념에 꼭 맞는 적확한 표현을 듣는 것이 즐거웠다. 그런 즐거움을 언제까지고 이어가고 싶어 결혼까지 하게 되었다. 새롭게 마주하게 될 인생의 단계마다 그의 표현이 확장해 나가는 것을 지켜보고 싶었다. 그가 마침내 이렇게 책을 쓰게 되었다. 내가 이 과장과 대화하며 느꼈던 쾌감을 다른 사람들에게도 전할 기회가 생겨 기쁘다. 그의 글을 읽고 그림을 그리면서는 그가 사고하는 과정과 언어를 수집하는 방식을 따라가는 희열을 느꼈다. 그가 물구나무서기를 하며 하늘을 향해 힘차게 차올린 발을 지탱하는 버팀목이 되고자 했다. 나의 소소한 행복이 여러분에게도 가닿기를 바란다.

양유미

이 과장, 그는 누구인가?
네? 저요?
이과장
일평생 큐티섹시를 목표로 살아온 그.
아니, 술자리 농담을 여기서 이렇게 말하면 어떡해요~
화들짝
흠흠… 어쨌거나 이 과장은
앗
木村さん お待ちしておりました。
기무라 씨 기다리고 있었습니다.

무역업에 종사해온 1n년 차 직장인
오랜만이에요. 이과장님.
잘 지내셨죠?
일본어 입니다.
여전히 동안이시네요.
앗…! 하하하하하
별 말씀을요 !!!
호오-
저, 그럼,
혹시
몇 살로
보이시나요?
아아·· 이과장,
욕심내나요?

음—
한 36살?
큐티섹시 이과장. 36살.
1n년 차 직장인. 잘 부탁합니다.

제1부서

인사팀

나이트캡은 좋지 않아

헤네시 콕

회사에서 정한 출근 시간이 8시라면, 8시까지 도착하면 되는 걸까. 아니면 8시부터 일을 시작해야 하는 걸까. 여러 의견이 분분하지만, 나라는 인간은 적당히 주변의 분위기에 맞추는 편. 이직한 첫날, 8시에 맞춰 도착했더니 팀장님이 웃는 얼굴로 "아이고 과장님. 너무 안 오셔서 입사를 취소하신 줄 알았어요."라고 하길래 아, 이 분위기가 아닌가 싶어 다음 날은 7시 30분에 출근해서 동태를 살폈다. 대충 보니 다들 40분에서 45분 사이에는 자리에 앉는 모양이다.

흠, 글쎄. 적당히 분위기는 맞추겠지만 그렇다고 너무 성실해 보이는 건 싫어. 45분에서 50분 사이에 도착해야지. 그게 나만의 타협점이다. 그리고 오늘, 이직 후 네 번째 출근 날. 이대로라면 이 회사 기준으로 지각이다. 다급하게 택시를 잡아타니 불안과 초조가 온몸을 덮쳐온다. 마음이 영 불편하다. 지각하기도 싫지만 너무 허둥대고 싶지도 않은데. 빨간불에 택시가 멈출 때마다 마음이 안달한다. 뭔가 진정될 만한 생각이 필요해.

나는 예전 직장에서 만났던 나의 첫 번째 상사의 말을 일종의 금언(金言)으로 삼고 있다.

3일, 3개월, 3년. 333의 법칙.

사람은 누구나 새로운 곳에 가면, 첫 3일은 숨도 쉬기 어려울 만큼 긴장되고 어렵게 느껴진다. 하지만 3개월 정도 지나면 조직이 어떻게 돌아가는지 조금 이해할 수 있게 되고, 3년이 지날 즈음이면 내가 없으면 조직이 안 굴러갈 것이라는 자만심이 생기기도 한다. 그러니 앞으로 어떤 조직에 가더라도 이 3일, 3개월, 3년의 법칙을 기억해라. 새로운 곳에 처음으로 가서 긴장되는 순간에도 3일만 참으면 긴장이 풀리고, 3개월이 지나면 조금은 익숙하게 자기 역할을 해낼 수 있게 된다. 반대로 3년이 지나 내가 없이는 팀이 안 돌아가는 듯이 생각될 때면, 지나온 3일과 3개월의 시간을 떠올리며 자만을 경계해라.

사회에 첫 발을 내딛은 입사 2일 차. 모든 게 낯설고 두려웠던 신입 사원에게 그 말은 커다란 구원처럼 다가왔다. 겪어보지 못한 미래에 대한 기대를 갖게 해주는 동시에, 당장의 불안을 조금은 누그러뜨려 주는 귀하고 감사한 격려였다. 그로부터 11년. 그동안 나는 몇 번이나 저 말을 곱씹어 왔던가. 두려움에 주저하는 순간에 용기를 주고, 스스로의 성과에 취하는 순간에 마음을 다잡아준 말이 오늘은 예언으로 다가올 줄이야.

이직 4일 차에 극적으로 긴장이 풀려서라기보다는 아무래도 어젯밤 333의 첫 단추를 무사히 꿰어낸 것을 자축하며 나이트캡으로 마신 헤네시 콕(*Hennessy Coke*)이 조금 과했던 모양이다.

자는 동안 머리가 헝클어지지 않도록 밤에 쓰는 모자, 나이트캡(*Nightcap*). 좀처럼 잠이 들지 않는 밤, 꿈나라로 떠나기를 바라며 꿀꺽 넘기는 찌르르한 술 한 잔을 뜻하기도 한다. 어젯밤처럼 연거푸 다섯 잔을 마신 것도 나이트캡이라 할 수 있는지는 모르겠지만, 헤네시 콕이라면 못 참지.

헤네시 콕은 말 그대로, 헤네시에 콜라를 섞은 칵테일로, 잭 다니엘스(*Jack Daniel's*)에 콜라를 섞은 잭 콕(*Jack & Coke*)의 베리에이션 중 하나다. 혹자는 코냑은 본디 우아한 포도의 향을 즐기는 음료인데 콜라를 섞으면 술 본래의 향을 즐길 수 없다고 타박할지도 모르겠다. "술 본래의 맛이…"라고는 하지만 글쎄, 술 정도는 내 맘대로 마시게 해달란 말이지. 즐거우려고 마시는 술인데 내 입에 맛있으면 그만이잖아, 하는 괜한 반항심이 들어서 정작 코냑 본래의 즐거움을 찾아 즐겨본 적이 별로 없다.

만드는 방법은 지극히 단순하다. 얼음을 채운 잔에 헤네시를 넣고 콜라를 부어 채우면 끝이다. 레몬이 있는 날은 레몬도 한 조각 넣어주면 보다 맛이 산뜻하다. 헤네시 콕의 비율은 헤네시와 콜라의 비율이 *1:3*이 이상적이라고는 하는데, 집에서 간편하게 마실 때마저 엄격하게 재지는 않는다. 눈대중으로 휘휘 타서 조금 모자라면 술을 더하고 너무 독하면 콜라를 더하면 그만이다. 맛은 뭐, 말해 뭐 합니까. 누구나 좋아하는 콜라에 귀한 헤네시를 사치스럽게 넣은걸요. 헤네시 콕을 생각하다 보니 아침부터 헤네시 콕 한잔이 간절하다.

"도착했습니다."

길이 생각보다 많이 막히지 않았나 보다. 시간을 보니 7시 40분. 지각은 면했지만 반대로 이건 너무 이르잖아. 주변을 좀 둘러보면서 오늘 점심 먹을 가게나 물색하다가 올라가야겠다. 그럼 오늘도, 힘내서 출근합니다.

성실해 보이는 건 싫지만
보자 - 오늘도 적당하게 왔다.
시계 안 차는 타입
보통 출근 시간 30분 전에 도착합니다.
붐비는 버스도 싫고,
앉아서 가는 것이 중요!
무엇보다 늦을까 봐 마음을 졸이며
귀한 아침 에너지를 쓰고 싶진 않아서요.
그렇지만 역시
너무 성실해 보이긴 싫어서,
저- 쯤에 식당이 새로 생긴 것 같던데.
회사 근처를 산책하다가
출근 시간 15분 전쯤 들어갑니다.

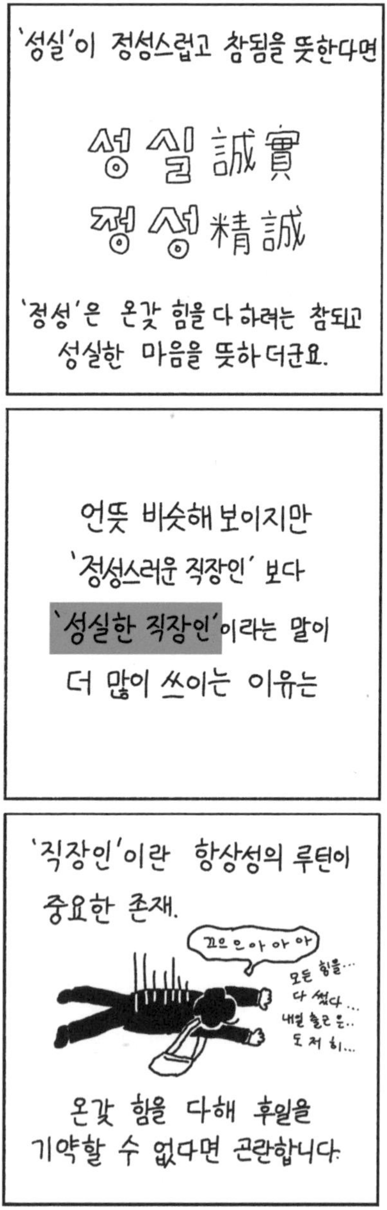
'성실'이 정성스럽고 참됨을 뜻한다면
성실 誠實
정성 精誠
'정성'은 온갖 힘을 다 하려는 참되고
성실한 마음을 뜻하더군요.
언뜻 비슷해 보이지만
'정성스러운 직장인' 보다
'성실한 직장인'이라는 말이
더 많이 쓰이는 이유는
'직장인'이란 항상성의 루틴이
중요한 존재.
끄으으아아아
모든 힘을…
다 썼다…
내일 출근은..
도저히…
온갖 힘을 다해 후일을
기약할 수 없다면 곤란합니다.

때때로 일은 굴리다만 눈덩이처럼
덩그라니 있습니다.
일
깔리지 않으려면 굴릴 힘을
비축해야 하는 법.
오늘 온갖 힘을 다 쓰지 않고
내일 다시 ON하기 위한,
이과장의 머릿속
지금 OFF 해야해.
그런 종류의 성실함이 중요하다고 생각합니다.
어쩌면 저는
좋은 아침입니다!
좋았어. 점심은
새로운 식당의 제육볶음이다.
여ㅡ
굿 모닝이야
이 과장
오셨어요
~
성실해 보이지 않기 위해
성실한 사람인지도 모르겠습니다.

* 헤네시 무 —

여기 진 피스
한 잔 주세요

겸양과 겸손은 미덕일까? 대체로 고개를 끄덕이는 사람들이 더 많겠지만 인사 평가서의 자기평가 앞에서라면 꼭 미덕이라 말하기는 어려울지도 모르겠다. 어찌 되었든 회사 생활을 10년 넘게 해보니 특히 인사 평가에 대해서는 생각하는 바가 많다. “라떼”라고 비웃어도 별수 없다. 인간이란 과거를 반추하지 않고는 앞으로 나아갈 수 없으니까.

인사 평가의 공식적인 목적은 조직 구성원의 동기부여를 통해 고성과를 유도하여 결과적으로 조직의 성장을 이끌어내기 위한 수단이다. 사실 나 같은 경우에는 ‘기본은 하자’ 정도의 마음가짐이라 좀체 동기부여가 되지 않는다. 아무래도 상사(商社)업이 조금 클래식한 비즈니스인 면도 있고, 위로 선배들도 많아서 나 혼자 잘났다고 떠들어봤자 분위기 파악이 안 되는 사람 같다. 거기에 상대평가라는 말까지 들으면 다 같이 열심히 했는데 나 대신 저 사람의 고과를 깎아주세요, 하기도 좀 그렇잖아요.

그러다 보니 언제나 나의 자기평가 점수는 튀거나 모난 데 없는 중간이다. 이런 심정은 어쩌면 평가하는 상사의 입장에서도 비슷한지 지난 10년간 나의 인사 평가 면담은 커리어의 개발이나 잠재력의 발전 방향에 대한 논의보다는 연례행사를 위한 형식을 갖추는 정도였다. 그렇게 받은 인사고과는 10년 평균 3.58로 5점 척도의 중간을 약간 웃도는 수준. 고과와는 무관하게 나의 업무 능력에 대한 평가는 대체로 좋았다. 그에 반해 업무 지시에 순순히 “예스”를 하는 법이 없는 다소 모난 성격은 매년 반복되는 지적 사항이다. 이런 걸 고려하면 평가자인 상사 입장에서나 피평가자인 나의 입장에서나 충분한 합의가 이뤄진 점수다.

11년 차를 맞이하는 지금이 되어 다시 생각해 보면 지난 10년간의 인사 평가를 대하는 내 방식이 다소 후회된다. 인사 평가의 과정을 귀찮은 숙제 취급하지 않았다면 어땠을까? 1년의 목표를 세우고, 실제로 그것을 달성하기 위한 나만의 사업계획서로 생각했다면 지금 나는 보다 자기 확신을 가지고 의사결정을 할 수 있는 직장인으로 성장해 있지 않았을까. 이런 말을 하면 그렇게 일을 열심히 하는 타입이었냐고 놀라는 사람도 있다. 나는 너무 성실해 보여서 주말 사내 행사에 당연한 듯 동원되기 싫은 거지 일을 못해도 괜찮다고 생각하는 건 아니라고요.

이렇게 답 없는 고민에 어딘지 목이 턱 막힌 듯 답답한 날에는 시원한 진 피즈(*Gin Fizz*)가 제격이다. 기주(基酒, *칵테일에서 중심이 되는 술 또는 베이스가 되는 술*)로는 기왕이면 진의 종류 중에서 비피터(*Beefeater*)가 좋다. 바에만 가면 자리에 앉기도 전에 “비피터 진 피즈 주세요.” 하고 주문하며 뭘 좀 아는 사람인 양 으스대던 시절도 있었다.

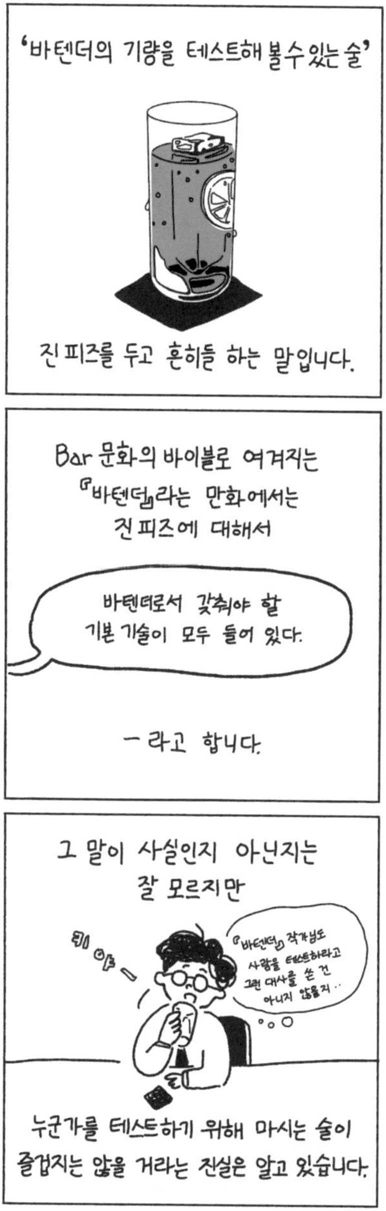
'바텐더의 기량을 테스트해 볼 수 있는 술'
진 피즈를 두고 흔히들 하는 말입니다.
Bar 문화의 바이블로 여겨지는 『바텐더』라는 만화에서는 진 피즈에 대해서
바텐더로서 갖춰야 할 기본 기술이 모두 들어 있다.
-라고 합니다.
그 말이 사실인지 아닌지는 잘 모르지만
『바텐더』 작가님도 사람을 테스트하라고 그런 대사를 쓴 건 아니지 않을지..
누군가를 테스트하기 위해 마시는 술이 즐겁지는 않을 거라는 진실은 알고 있습니다.

* 진 피즈 —

지금 생각하면 뒤통수 한 대 때리고 싶을 만큼 꼴사납다. 이제는 웬만하면 주는 대로 먹는 고분고분한 손님이 되었다. 그래도 만약 선택이 허용된다면 비피터가 좋다. 개성이 없는 진이어서 바텐더의 실력을 바로 알 수 있기 때문에 같은 악취미여서는 아니고 그냥 개성 없는 진의 평양냉면 같은 밍밍함이 취향일 뿐이다.

진토닉(*Gin&Tonic*) 말고 진 피즈로 시키는 이유는 진 피즈가 확실히 더 새콤하기 때문이다. 답답한 마음을 뚫고 싶은데 탄산만으로 부족할 때, 레몬의 상쾌한 산미가 쓸데없는 고민을 머릿속에서 지워준다. 한겨울 차가운 냉면 육수를 벌컥 들이켰을 때처럼 쨍하게 머리에 울리는 시원함. 크으, 속 뚫린다.

그래, 지나간 시절 잘 몰라서 저지른 실수를 언제까지고 붙들고 있어 봐야 소용없지. 오늘이라도 알았으니 다행이다. 어제의 행동이 실수임을 깨닫고 오늘부터 하지 않게 되었다면 그걸로 충분하다. 여기까지 생각하고 보니 예전 취업 준비 시절 자기소개서에서 어떤 사람이 되고 싶냐는 질문에 어떤 성공이라고 부를 수 있는 상태에 도달하기보다는 항상 조금씩 나아지고 있는 상황을 유지하는 사람이고 싶다고 썼던 기억이 난다. 이런, 돌고 돌아 같은 결론이라니, 나 정말 나아지고 있는 것 맞나요? 에잇, 여기 진 피즈 한 잔 더 주세요!

진토닉? 진 피즈?

이마저도 생략 가능

진토닉에는 레몬 슬라이스가 들어간다면
진 피즈에는 레몬주스가 들어갑니다.

그 외에도
진토닉은 토닉워터, 진 피즈는 탄산수를 사용합니다.
으음... 쓰다 보니 시원하게 한 잔 쭉! 하고 싶어지네요.
여러분은 진토닉? 진 피즈? 어느 쪽이 좋으세요?

백지 견적과 샤르트뢰즈

"이 대리. 내가 이번에는 백지로 견적 줄 테니까 이거 무조건 만들어 와."

거래처 차장님은 전화로 저 말만을 남기고 훌쩍 떠났다. 여기서 견적이 백지라는 말은 내가 마음대로 가격을 정해도 된다는 뜻이다. 언뜻 들으면 좋은 것 같지만 시세나 원가를 뻔히 아는 입장에서는 이처럼 부담되는 말도 없다. 가장 최근에 받은 견적과 바이어의 희망 가격의 차이는 톤당 200달러 이상이었다. 지금 같은 상황에서는 저 말을 믿고 섣불리 계약했다가 더 골치 아픈 문제가 생길 공산이 크다.

그 당시 나는 입사 4년 차, 갓 대리가 된 지 세 달쯤 되던 때였다. 차장님과 나는 터키(지금의 튀르키예)에 있는 어느 고객사를 공략하기 위해 함께 애를 쓰고 있었다. 이 고객사는 중동과 유럽, 아프리카에 걸쳐 점유율이 가장 큰 제관(製罐) 업체로, 여기만 뚫을 수 있다면 차장님은 부장 승진이 확실시되는 상황이었다. 하지만 우리는 반년째 이어지는 지지부진한 교섭에 조금씩 지쳐가고 있었다. 실크로드 상인의 명성이 어떻게 해서 생겨났는지가 점차 이해될 것 같은 순간, 차장님은 백지 견적이라는 초강수를 내밀어 왔다.

곤란하다. 이 차장님은 말이 다소 거칠고 성격이 불 같은 면은 있지만 뒤끝이 없고 솔직한 사람이다. 그러니까 이 사람이 백지 견적을 주겠다고 한다면 진짜로 계약을 성사해도 되는 것 아닐까. 그런데 내가 얼마에 계약할 줄 알고 백지로 견적을 준다는 거지? 저쪽이 바라는 가격대로만 해도 최소 20만 달러 이상 적자일 텐데 그게 감당이 될 리가 없잖아?

출장을 떠난 차장님은 이미 비행기 모드. 내일 아침까지 견적을 내야 하는 나 혼자 황망한 마음으로 모니터만 노려보고 있었다. 단순하게 생각하면 사실 고민할 게 없다. 책임질 수 없는 계약은 할 수 없다. 그러니 이번에도 계약이 성사되기는 글렀다. 어려울 것 없는 문제였지만, 차장님이 남긴 "무조건 만들어 와."라는 말이 묘하게 암시적으로 뇌리에 엉겨 붙었다.

좋아하는 리큐어(*liqueur*)가 있다는 건, 그 리큐어를 좋아하기로 결심했다는 뜻이다. 리큐어를 한마디로 정의하자면 술에 과일, 초목, 향신료 등을 혼합해 특유의 향을 낸 뒤 당분을 가미한 술이다. 정의는 간단하지만 워낙 다양한 성분을 독특한 제조 방법으로 섞기 때문에 리큐어의 풍미는 하나같이 매우 개성적이다. 어떤 것은 당황스러울 정도로 달콤하고 어떤 것은 한 대 얻어맞은 듯이 쓰다. 향기는 또 어떤가. 좋고 싫음의 판단을 유보하게 되는 오묘하고 복잡한 향기는 베일에 가려진 수수께끼의 인물처럼 느껴지기도 한다. 그 때문에 어떤 리큐어를 좋아하려면 그 술을 좋아하겠다는 결심이 필요하다. 어쩌면 좋아한다는 마음이 대체로 그럴지도 모르겠다.

샤르트뢰즈(*Chartreuse*)의 이름은 이 술이 탄생한 프랑스 수도원 '라 그랑드 샤르트뢰즈(*La Grande Chartreuse*)'에서 유래했다. 현재는 수도원의 감독하에 인근의 증류소에서 제조하고 있다. 130여 종의 허브와 꽃이 들어간 레시피는 비밀 유지를 위해 두 명의 수도사에게 절반씩 나뉘어 계승되고 있다고 한다.

샤르트뢰즈는 내가 좋아하기까지 많은 시간이 걸린 리큐어다. 신비로운 녹색에 이끌려 주문했다가도 너무 매워서, 또는 톡 쏘는 느낌이 너무 부담스러워서 번번이 마음을 굳히지 못했다. 그러던 어느 날 우연히 마신 샤르트뢰즈 토닉에 완전히 마음을 빼앗겼다. 달고 쓰고 상쾌하면서도 어딘지 여전히 비밀스러운 구석이 있는 오묘한 맛. 그때부터 나는 샤르트뢰즈에 완전히 매료되었다. 달라진 것은 술이 아니라 나겠지. 그 이후로 나는 싱숭생숭 기분이 묘할 때는 종종 샤르트뢰즈를 찾는다.

견적은 제출하지 않았다. 책임질 수 없는 계약은 하지 않는다. 그게 나의 방식, 나의 결심이다. 차장님에게 계약하지 않았다고 보고를 드렸을 때, 차장님은 심드렁

한 표정으로 알았다고 말했다. 그 뒤로는 어쩐지 자연스럽게 연락이 끊겼다. 한참이 지나고 차장님에 대한 풍문을 들었다. 내게 백지 견적을 주고 얼마 지나지 않아 퇴사했다고. 차장님의 퇴사는 내가 계약을 성사시키지 않은 것과 관련이 있을까. 여전히 나는 그때 다른 선택을 해야 했는지 가끔 생각한다. 시간을 되돌리더라도 나는 같은 결정을 내리겠지. 다만 여전히 이렇게 그 당시의 오묘한 기분을 곱씹으며 샤르트뢰즈 토닉을 한잔 마신다.

직장인의 꿈

이 과장님, 받고 싶으신 금액을 편하게 써주시죠.
...
백지 견적이 아니라, 백지 수표였다면 기꺼이 받았을 텐데요.
받게 된다면 짐짓 태연한 척을 하는 구체적인 상상까지 해버렸습니다.

정유분포와 기네스

ORIGINAL

하아아암.

연초마다 반복되는 회장님 훈화 말씀. "세계 최고의 ○○○를 목표로!"라던가, "세계 제일의 ○○○"라던가, 매년 반복되는 비슷한 이야기들을 듣고 있노라면 어쩐지 기네스*(Guinness)* 한잔이 간절해진다. 기네스 맥주는 *1759*년, *34*세의 청년 아서 기네스*(Arthur Guinness)*에 의해 아일랜드 더블린에서 탄생했다. 양조장 설립과 관련해서 유명한 일화가 있다. 아서 기네스는 맥주를 만들기로 결심한 이후 버려진 양조장 건물을 임대하기로 했는데, 그 조건이 *9,000*에 *45*였다. *9,000*파운드에 *45*년이 아니고 *45*파운드에 *9000*년간 임대하는 조건이다. 당시 계약금으로 지불했던 *100*파운드는 일반적인 사회인의 약 *4*년치 봉급에 해당하는 돈이었다고 하니 당시에는 나름대로 합리적으로 보이는 계약이었을지도 모르겠다. 아무리 그래도 *9000*년은 조금 과하다 싶지만.

기네스는 또 업계 최초로 과학적인 양조를 시도한 것으로도 알려져 있다. *1899*년 기네스에 입사한 통계학자이자 양조사였던 윌리엄 고셋*(William Gosset)*은 수학적 기법을 적용하여 최적의 거품과 맛을 내는 효모의 투입량을 찾아냈다. 이것이 바로 통계를 조금이라도 배워본 사람이라면 한 번쯤은 들어봤을 스튜던트 t-분포*(Student's t-distribution, 정규분포의 평균을 측정할 때 주로 사용하는 분*

포)다. 고셋은 본인이 정립한 t-분포 이론을 학계에 발표하려 했는데, 경쟁사에 비밀이 알려지는 것이 싫었던 기네스가 발표를 막은 탓에 Student라는 필명으로 이론을 발표했다. 이 둘이 동일 인물이라는 사실은 훗날 고셋이 61세에 사망한 이후에야 알려졌다고 한다.

기네스 하면 또 기네스북을 빼놓을 수 없다. 나는 기네스북을 기네스 맥주 회사에서 만들었다는 사실을 알았을 때 어떤 전율을 느꼈다. 기네스가 세계의 No.1만을 모은 책을 발행한 공식적인 이유는 "세상에서 가장 ○○한 것은 무엇인가?" 하는 흔한 술자리 논쟁의 해결사 역할을 자처하는 것이 재미있는 마케팅이라고 생각해서다.

나는 진짜 의도가 따로 있다고 생각한다. 왜 하필 세계 최고의 것들을 모아서 출간하기로 했을까. 세계 최고의 맥주가 기네스라는 사실을 에둘러 말하는 것은 아닐까. 나는 이 지점이 좋다. 겸손한 척하지만 사실 전혀 겸손하지 않아. 겸연쩍게 뒤통수를 긁으며 "에이, 뭐 다 아는 얘기를 그렇게 말해." 하며 웃는 모습이 떠오른다.

기네스는 500만 파운드(한화 약 100억 원)의 개발 비용의 투입해서 캔에서도 완벽한 거품을 만들어내는 기네스 위젯(질소가스가 담긴 플라스틱 구슬)을 발명했다. 덕분에 우리는 집에서도 아주 완벽한 기네스를 마실 수 있다. 다음의 방법만 따른다면 말이다.

출장을 갔다가 2분 짜리 모래시계를
발견한 적이 있습니다. 보자마자
기네스가 떠오르면서 살까 말까
했지만 결국 사지는 않았습니다.
이후로 기네스를 마실 때마다
사지 않은 이 모래시계가
떠올랐어요.
가지지 않아서
영원히 가진다는 게
이런 것이려나요.
아무튼, 가슴 속에 2분짜리
모래시계를 품은 이 과장입니다.
호오-
...

기네스를 맛있게 마시는 방법

I. 먼저 유려한 곡선을 자랑하는 기네스 전용 잔을 준비한다. 전용 잔이 없다면 아쉬운 대로 맥주 한 캔 용량이 다 들어갈 큼직한 잔을 준비하자. 중요한 것은 칠링*(Chilling, 잔을 차갑게 하는 것)*을 해서는 안 된다는 것이다.

II. *3*시간 이상 차갑게 냉장 보관한 기네스 캔을 내용물이 흔들리지 않도록 평평한 곳에 올려서 딴다. 캔을 따고 난 후 바로 잔에 따라서는 안 된다. 기네스 위젯이 캔 안에서 거품을 만드는 것을 *10~20*초 정도 기다린다.

III. 자, 이제 맥주를 따를 차례다. 먼저 잔을 *45*도 기울여서 천천히 잔의 *80%* 정도까지 따른다. 그다음에는 잔을 똑바로 세워 남은 맥주를 끝까지 따라낸다.

IV. 기네스의 전매특허인 부드러운 거품이 다 쌓이는 데에는 *119.53*초가 걸린다. 잔을 테이블에 올린 채 아름다운 거품 폭포 쇼를 감상하며 눈으로 먼저 맥주를 마신다.

V. 거품이 다 쌓이면 세상에서 가장 멋진 기네스 완성. 이제 마실 시간이다. 되도록 원샷은 금물. 거품이 쌓이는 시간을 기다린 것처럼 천천히 음미하자.

행여나 잔이 없다고 직접 캔에 입을 대고 마시지는 말자. 잔에 따라 마실 수 없다면 기네스가 아닌 다른 맥주를 고르는 것이 낫다. 완벽한 거품이 없는 기네스 드래프트*(Guinness Draught)*는 아무 의미가 없으니까. 조금은 유난스러워도 이런 일련의 의식 같은 행위가 기네스를 마시는 즐거움을 완성한다. 완벽한 부드러움, 과연 세계 최고다.

우리 회사는 올해도
세계최강
세계최고의 품질로!
유일무이
대체불가
고객 만족을 최우선으로! 인류의 행복을 고양하고 세계 평화
가끔씩 회사의 미션, 비전이라는 게…

용을 찾아 모험을 떠나는
소년 만화의 그것과 닮아 보입니다.
창업자의 신념과 용기 덕분에
따른 지 2분 지났다!
마 시 자!
안주는 초콜릿으로 충분!
GUINNES
지금 제가 이렇게 기네스도
마실 수 있는 거겠죠.
키야! 이 부드러움!
역시 기네스야말로 기네스 감이야!!
꿀
꺽

아반떼와 카스

Fresh

COLD BREWED

쉽지 않은 하루였다. 일단은 시원하게 카스(*Cass*) 한 잔 쭉 마시고 싶다. 오늘은 부장님께 전략 보고를 드리는 날. 이런 전략을 짤 때는 한정된 데이터 자원을 효율적으로 배분하는 것이 중요하다. 나는 자신 있게 매출을 기준으로 중요도를 나누어서 세운 전략을 보고했다. 매출이 없는 사업은 과감하게 접을 줄도 알아야지. 부장님은 이제 "예스"만 해주시면 됩니다. 기세 좋게 보고에 들어갔지만 신나게 깨졌다.

"이 과장, 일을 그렇게 너무 단순하게 보지는 말자고. 일이라는 게 매출이 커도 그만큼 시간과 비용이 많이 필요한 경우도 있고 매출은 그리 크지 않지만 별로 신경 쓰지 않아도 차곡차곡 돈이 되는 일도 있어. 또 어떤 일은 지금은 비용만 들고 매출이 안 나오는 것처럼 보이지만, 미래의 가능성을 감안해서 감내해야 하는 시기인 경우도 있는 거야. 정량적인 지표 중요하지. 하지만 정성적인 면을 무시해서는 안 되는 거야."

옆 테이블은 이미 왁자지껄 술판이다. 서로 목청껏 싸우는 주제를 들어보니 영화 <어벤져스>가 명작인가 아닌가다. 흠, 나로 말하자면 저런 논쟁이 펼쳐진다는 사실이 이미 그 작품이 명작임을 방증한다고 생각하는 편이다. 너무 자본주의적 사고방식일지는 몰라도 많이 팔

2015년에 아반떼는
최선을 다해 보통이 되겠다는
SUPER
NORMAL
'슈퍼노멀' 당시에는 꽤 화제.
캠페인을 시작했습니다. 모두가
최고급을 외칠 때, 보통 사람을 위한
보통 차를 만들겠다는 포부를 밝혔죠.
지극히 보통 사람이 된 지금, 문득 문득
그때 그 광고가 떠오릅니다.
출근길에 이 과장 스무 명은 보는 듯.
비범해지고 싶은 욕망이 없다면
거짓말입니다. 그렇지만 저는
그래, 결심했어.
오늘은 범상치 않은 4캔 만 원을 조합해 보자.
대체로 평범하고, 때때로 비범하고
싶습니다. 그래서 오늘도 비범하게 한잔!

리면 명작이지. 이렇게 생각하게 된 데에는 대학 시절 만난 한 교수님의 영향이 크다. 교수님은 어느 날 수업 중에 "아반떼는 명차인가?"라는 질문을 던지셨다. 모두들 서로 눈빛을 교환하며 무언의 코웃음으로 그 대답을 대신하고 있을 때, 교수님은 자동차의 판매대수를 근거로 들며 아반떼를 명차로 규정하셨다. 코웃음 치는 학생 중 하나였던 나는 '과연 그렇군.' 하고 생각을 고쳐먹고 지금도 비슷한 잣대를 많이 사용한다. 살짝 통통한 얼굴에 무테 안경을 쓴 날카로운 눈매의 교수님. 송구하게도 이제는 성함도 수업 이름도 기억나지 않는다. 그래도 교수님의 수업에서 한 가지는 확실하게 기억하고 있습니다. 잘 지내시죠? 오늘은 덕분에 신나게 혼났습니다.

시끄러운 옆 테이블의 주제는 그새 바뀌어서 카스가 좋으냐 나쁘냐를 논하고 있다. 세계적인 셰프인 고든 램지(*Gordon Ramsay*)가 2017년에 카스 광고를 촬영한 일에 대해 돈에 입맛을 팔았다는 말도 나온다. 모 영국 기자가 한국 맥주에 대한 혹평을 한 뒤로 카스는 맛이 없다는 것이 보편적인 의견이 된 듯하다. 어쩐지 나도 저 논쟁에 끼고 싶은 기분. 입맛이야 개인의 취향이니 반박할 생각은 없지만 그 평가는 조금 가혹하다는 것이 나의 개인적인 생각이다. 맥주는 보기보다 보관환경의 영향을 많이 받는 술이다. 이미 일상재로 자리 잡은 탓에 귀한 대접을 받지 못할 뿐이다. 여름날 뜨거운 땡볕에 방치되었다가 냉장된 경우라면 맛이 떨어질 수도 있지만 추운 겨울날 마시는 카스는 언제나 맛있다. 오죽하면 고든 램지도 한국을 찾았을 때 본인이 돈 앞에 변절했다는 말에 대해 반박했을까. 그는 카스를 일컬어 "보통 사람들의 맥주."라고 말했다. 정확한 표현이다. 재미난 것은 대학생이 된 그의 딸이 소맥을 알려주었을 때는 두통약을 가지고 마셔야 하는 술이라며 혼냈다고 한다. 아무래도 따님이 제대로 된 소맥을 만들지 못하는 모양이다. 혹시 만날 일이 있다면 제대로 된 소맥 한잔 대접하고 싶다.

카스를 좋은 맥주라고 생각하냐고 물으신다면? 말해 뭐 해요. 당연히 예스지. 카스는 예스. 광고카피로 추천합니다.

이런 광고까지 상상해 봤습니다만,
제가 저 남자라면 조금 곤란할것 같더군요.

1765

긴자와 헤네시 멜론

Privilege

도쿄의 긴자를 좋아하지 않는다. 갈 때마다 느껴지는 알 수 없는 음기가 싫다. 감탄이 나오는 서비스도 어쩐지 편하게 즐기기 어렵다. 무조건적인 화려함보다는 세련 속에 소탈함이 묻어 나오는 순간이 좋다. 빈틈없는 긴자에선 이런 걸 기대하기는 어렵다.

일본어 제이타쿠(ぜいたく)는 쉽게 말해 '럭셔리'를 의미한다. 아주 고급스럽고 사치스러운 공간, 경험, 물건 등을 총칭하는 단어다. 한국어 독음으로는 췌택(贅沢). 군더더기를 의미하는 한자 췌(贅)와 물이 괴어 있는 못을 뜻하는 한자 택(沢)이 합쳐진 말이다. 여분의 부(富)가 물웅덩이처럼 고이는 곳. 긴자를 묘사하기에 이보다 더 적합한 말이 또 있을까. 이 넘치는 돈은 자연히 허영과 사치를 좇는 고위 인사를 끌어모았고, 그에 따라 모여든 고급 정보들 덕에 긴자는 과거부터 일본 정치권과 재계를 아우르는 중심지 역할을 해왔다.

긴자에서 일한다는 것은 사회의 군더더기를 먹고 살아간다는 것과 다름없다. 긴자라는 거리가 갖는 어딘지 그림자 진 섹시함은 이런 태생적인 특징에서 온다. 화려하고 아름답지만 결국 허영이 만들어낸 환상이기에 언제든 쉽게 사라지고 만다. 잉여된 삶의 한계. 돈만큼 긴자에서 값어치 없는 것은 없다. 헛되이 흘리는 무가치한 돈을 반짝이는 밤으로 교환해 주는 마법의 공간이 바로 긴자다. 세상의 모든 '췌'는 이곳에 고인다.

헤네시 멜론*(Hennessy Melon)*은 이런 긴자를 가장 잘 대표하는 칵테일이라 할 수 있다. 만드는 방법은 퍽 단순하다. 과육이 흐물거릴 정도로 과숙한 멜론을 차갑게 식혀 반 갈라 속을 파내고, 파낸 껍질을 그릇 삼아 얼음과 헤네시를 적당히 채운다. 산뜻함을 더하기 위해 귤이나 오렌지, 또는 프루트칵테일 조각을 조금 올리면 완성. 술이 너무 독하면 약간의 탄산수를 더한다. 멜론과 코냑으로 만드는 이 어른의 화채는 버블의 정점을 지나던 일본의 모습을 잘 드러내고 있다. 이 비싼 과일과 술을 한데 섞어 이토록 키치한 맛을 만들어내다니, 낭비처럼 보이면서도 다시는 돌아올 수 없는 시대의 낭만이 느껴진달까.

헤네시 멜론의 탄생에 대해서는 몇 가지 설이 있는데, 내가 들은 주장은 이렇다. 도쿄 한복판의 황궁터를 팔면 캘리포니아를 통째로 살 수 있다는 말이 나올 정도로 당시 일본은 호황을 누리고 있었다. 이때는 평범한 직장인들도 바에 본인 이름으로 된 코냑 한 병쯤은 키핑해 두고 있었다고 한다. 다들 돈이 너무 많아서 최소가 '헤네시 V.S.O.P'였다고 하니 당시 상황이 짐작된다.

한편으론, 그때만 해도 야쿠자에게 소위 '자릿세'를 상납하는 것이 물장사의 기본이었는데, 이 자릿세에 정

헤네시 멜론을 만들 때에는
멜론 볼러로, 동글동글 하게
속을 팝니다.
숟가락으로 파도 괜찮지만
동그란 멜론 볼 위에
Hennessy
V.S.O.P
이렇게 빨간 체리까지 올리면
예쁘거든요.

따지고 보면 무시무시한 야쿠자들이
멜론 장수가 된 셈입니다.

그나저나 멜론은 어디서 난 것일까요?

당성을 부여하기 위한 대가로 거의 삭아버린 멜론을 주는 경우가 있었다고 한다. 한정된 찬장에 계속해서 쌓이는 헤네시도 골칫거리지만, 과일 안주용으로는 도저히 쓸 수 없는 이 물러 터진 멜론은 어찌해야 하나 고민하다가 차갑게 식혀 반으로 가른 멜론에 헤네시를 부어버린 것이 이 말도 안 되는 칵테일의 시작이다.

가게 입장에선 골칫덩이인 멜론도 치울 수 있는 데다가 금방 술이 비어버리니 일석이조. 아니, 값도 제법 받을 수 있으니 일석삼조인 셈. 손님 입장에선 술 한 병으로 다양한 맛을 즐기며 한껏 기분 낼 수 있으니 가게나 손님이나 Win-Win인 버블의 유산이다. 이야기만 듣고 나면 거품 낀 시절의 한심한 무용담 같아서 얼굴이 조금 찌푸려지지만 막상 한 숟갈 입에 넣으면 지금껏 겪어보지 못한 황홀경이 눈앞에 펼쳐진다.

이게 무슨 일이람. 이 맛있는 걸 여태껏 일본에서만 버블의 유산이라며 먹어온 거야? 끈적한 멜론 과즙과 헤네시의 만남도 혀를 내두를 맛이지만 무를 대로 무른 과육이 헤네시를 머금었다가 입 속에서 내뿜었을 때의 짜릿함은 정말 먹어보지 않고서는 설명할 수 없다. 이 맛을 아느냐 모르느냐로 미식 경험의 지평이 달라질 지경이다. 아아, 긴자는 너무 멋들어져서 부담스럽다거나, 버블경제의 한심함을 늘어놓던 사람은 어디 갔을까. 버블, 최고!

전기 충격
덴키부란

🍷 안녕하세요, 이 GJN.S

당사 심 SW의 휴가로 인해 부재중인 이슈로 인해 대신하여 전달드립니다. 일정, 후보 알려주시면 박 CJN과 확인 후 회신드리겠습니다.

감사합니다.

적잖이 당황스러운 메일이다.

'~휴가로 인해 부재중인 이슈로 인해~' 부분이 비문인 점이야 차라리 그럴 수 있다지만 GJN? SW? CJN? 도대체 이게 무슨 말이지? 심 소프트웨어인가? 아니, 말이 안 되는데. 애당초 GJN은 뭘까. 나에게 보낸 메일이니 나를 부르는 것 같기는 한데 도무지 감이 오질 않는다. 한참을 갸웃거리다 옆자리 선배에게 물었다. 혹시 이게 무슨 말인지 짐작이 가느냐고.

"과장님 아냐?"

어머나, 세상에! 그러면 SW는 사원이고 CJN은 설마 차장님? 알고 보니 이렇게 축약*(이라고 부를 수 있는 건지 모르겠지만)*해서 부르는 것이 그 회사만의 독특한 언어였다. 어느 회사나 이런 독특한 언어습관은 있는 모양이다. 나 같은 경우는 예전 회사가 일본 회사이다 보니 한국어와 일본어를 뒤섞어서 쓰는 경우가 많았다. 사내에서 쓰는 정도야 뭐 다들 알아들으니 상관없는데 간혹 실수로 사외 메일에도 그렇게 써버리면 참 곤혹스럽다. 동료는 알아듣겠지만 남이 보면 아무 소리나 하는 걸로 보이기 십상이다.

덴키부란(電気ブラン 또는 デンキブラン)이라는 술이 있다. '전기 브랜디'라는 뜻이지만 이 술은 사실 전기와도, 브랜디(Brandy)와도 아무런 관련이 없다. 1882년, '속성 브랜디'라는 주종을 창조해 낸 가미야 덴베(神谷伝兵衛)가 당대 가장 주목받던 최신 기술인 전기를 갖다 붙여서 탄생하게 된 이름이다. 초기에는 덴키부란데(電気ブランデー, 전기 브랜디)였으나 후에 브랜디가 아니라는 이유로 덴키부란으로 정착했다고 한다.

이게 무슨 해괴한 소리야 싶겠지만 최신 기술의 낯선 명칭은 때로 이렇게 (제조사의 말을 빌리면) '심하게 모던하고 신선한 울림'이 있어 보이는 모양이다. 다시 말해 이 술이 만약 1990년대에 탄생했다면 사이버 부란이었을 수도 있는 것이고, 최근에 나왔다면 메타버스 부란이나 NFT 부란이었을 수도 있었다는 뭐 그런 이야기다. 전혀 사이버하지 않았던 사이버 포뮬러처럼.

이 술의 발상지인 아사쿠사의 가미야 바는, 140년이 넘도록 여전히 한 자리를 지키며 성업 중이다. 말이 바 지 실상은 호프집에 가깝다. 이곳에 가면 다들 모르는 사람들과 합석을 하고 복잡스럽게 잔을 여러 개 늘어놓은 채

덴키~
(電気, 전기)
'심하게 모던하고 신선한 울림'
느껴지시나요?
NFT나 메타버스도 시간이 지나면
좀 레트로한 인상을 주는 단어가 되려나요.
모쪼록 그 때에도 『이 과장의 퇴근주』가
읽혔으면 하는 작은 소망을 가져봅니다.
한 시대의 끝자락

술을 마신다. 덴키부란 → 맥주 → 물로 이어지는 체이서(Chaser)가 보편적인 음용 방식이다.

따듯한 호박색, 스파이시한 풍미 속에 숨은 부드러운 달콤함에 왈칵 한 모금 마시면 독한 알코올이 찌르르 혀를 마비시킨다. 전기 충격 같은 짜릿함이 이름의 유래라더니, 과연 그렇다. 입에 남는 텁텁함을 씻기 위해 맥주 한 모금, 물 한 모금 마시고 나면, 다시 어쩐지 덴키부란 한 모금이 슬쩍 생각난다. 전기는 달콤하고 독하구나. 위험하다, 위험해.

덴키부란 요모조모

가미야 덴베가 창시한 '속성 브랜디'는 당시 퍼졌던 콜레라 예방에 효과가 있다는 소문이 돌면서 병원에 가기 어려운 서민들 사이에서 크게 유행했다. 이후 여기에 진, 베르무트(Vermouth), 와인 등을 추가로 섞으면서 덴키부란이 탄생했다. 출시 당시의 알코올 도수는 45도로 상당히 독한 편이었으나 시대가 흐르면서 도수를 30도로 낮춰 가타카나로 표기한 덴키부란(デンキブラン)과 40도의 덴키부란 올드(電気ブラン オールド) 두 가지 제품으로 변경되었다. 내용물은 조금 바뀌었으나 덴키부란의 서민적인 즐거움은

변하지 않은 듯, 아사쿠사의 가미야 바에 가면 모두가 작은 잔을 손에 들고 하루의 마무리를 마음껏 즐기는 모습을 볼 수 있다. “시계 바늘이 거꾸로 가듯이 한입 또 한입 잔을 기울이다 보면 어느덧 시간이 역행하여 과거의 누군가와 재회할 수 있을 것 같은 느낌이 든다.”는 업체의 홍보 문구인데, 그렇게까지 많이 마시면 숙취로 다음 날 고생이 아주 심하다. 경험담이다.

되돌리는 감각,

체이서

일할 때는 한 가지씩 몰두하며 집중해서 처리하기보다는 여러 일을 동시에 조금씩 진척시키며 해결하는 편이다. 그게 더 효율이 좋아서는 아니다. 일이라는 게 보통 예기치 못한 해프닝이 동시다발적으로 터지기 마련이라, 어쩔 수 없이 선택하게 된 필연이다. 오죽하면 직장생활 중 가장 많이 읊조린 노래 구절이 "왜- 슬픈 예감은 틀린 적이 없나-"겠어요.

익숙해지고 나니 나름의 장점도 많다. 어차피 하나만 진득하니 붙들고 있을 수도 없거니와, 쉽게 처리할 수 있는 업무를 짬짬이 처리하면 나름의 기분 전환도 되고 막혔던 부분에 대한 인사이트나 정보를 얻어 해결한 적도 많다. 술을 마실 때의 체이서도 비슷한 역할을 한다.

체이서는 술을 마실 때 함께 마시는 음료를 의미한다. 보통은 물을 의미하지만 꼭 물이 아니더라도 앞서 마신 술보다 도수가 낮은 술을 마시는 것도 체이서라 부른다. 흔히 농담처럼 이야기하는 맥주 안주에 소주 마시는 행위도 맥주를 체이서로 삼는 것으로 볼 수 있다. 멕시코에서는 테킬라(*Tequila*)를 마신 뒤에 맥주나 토마토주스와 귤즙 등을 섞은 상그리타(*Sangrita*)를 체이서로 마시기도 한다.

체이서를 요청하면 탄산수를 주는 곳도 있고, 콜라나 마운틴듀를 체이서로 삼는 게 좋다는 사람도 있었다.

그렇게 생각하면 포장마차에서 소주 한잔 마시고 홀짝이는 어묵 국물 또한 훌륭한 체이서의 일종이 아닌가 싶기도 하다.

체이서는 말 그대로 '쫓아가다'는 뜻의 영어 'Chase'에서 유래했다. 이는 추측건대 아메리칸 위스키의 특징적인 거친 목 넘김과 높은 알코올 도수에서 유래한 음용법이 아닐까 싶다. 버번위스키*(Bourbon Whiskey)*로 대표되는 아메리칸 위스키는, 대체로 새 오크 통에 술을 넣고 숙성해야 하는 탓에 스코틀랜드의 스카치위스키*(Scotch Whisky)*와 비교하면 참나무의 특성이 술에 강하게 배어 나온다. 이로 인한 강렬한 풍미와 거친 목 넘김이 아메리칸 위스키의 특징이다. 그래서 아메리칸 위스키는 웬만한 애호가들도 스트레이트로 마시는 일은 드문 편인데, 그럼에도 불구하고 호쾌하게 원샷을 할 때에는 체이서가 꼭 필요하다. 높은 알코올 도수 때문에 식도와 혀가 입은 가벼운 화상을 중화시켜, 보다 오래 술을 즐길 수 있게 해준다. 하지만 이렇게 꼭 필요하다고 하면 반항심이 드는 것이 사람의 심리인 모양이다.

위대한 재즈 피아니스트 텔로니어스 멍크*(Thelonious Sphere Monk)*는 *1967*년 발매한 앨범에서 <Straight, No Chaser>라는 노래를 발표했다. 말 그대로, 위스키를 마실 때 체이서 따위 필요 없다는 상남자의 주문이다. 샷 잔에 담긴 위스키를 단번에 털어 넣기는 퍽 부담스럽지만, 이 노래를 듣고 있으면 어쩐지 조금씩 홀짝거리면서라도 위스키 한잔을 물 없이 온전히 즐기고 싶은 마음이 든다.

사실 바에 가면 술을 주문하기 전에 대체로 물을 한 잔 내주기 때문에, 술을 마시는 중에 굳이 "체이서 주세요."라고 말을 할 일은 거의 없다. 혹 물을 부탁하게 되더라도 그냥 "물 주세요." 하면 될 일을 굳이 "체이서 부탁드립니다."라고 말하기는 퍽 낯간지럽다. 중요한 것은 체이서라는 용어보다는 천천히 즐겁게 술을 즐기는 자세라고 생각한다. 그러니 술을 마실 때에는 체이서로 물을 꼭 챙긴다. 술을 마시는 중간중간에 수분 보충을 해줌으로써 체내 알코올 농도가 급격하게 상승하는 것을 방지하는 효과가 있다. 특히 위스키 같은 독한 술을 마실 때에는 높은 알코올 도수로 인해 혀가 마비되기도 하는데, 이럴 때 체이서로 물을 마시면 혀의 감각을 되돌리는 데 도움이 된다. 수분 섭취를 늘린 탓에 화장실을 다소 자주 가게 되기는 하지만, 그만큼 내가 얼마큼 취했는지를 확인하는 체크 포인트가 늘어나는 셈이니 술자리에서의 실수를 방지하기에도 이만한 방법이 없다.

결혼을 하고부터는 아내의 음주 습관 덕에 체이서

가 좀 더 늘었다. 아내는 본인 피셜, 술을 굉장히 '난잡하게' 마신다. 이를테면 소주, 소맥, 맥주, 와인, 위스키, 사케 등 여러 종류의 술을 한번에 펼쳐놓고 이것저것 돌려가면서 마시는 식이다. '술잔 풍차 돌리기'라 불러도 과언이 아니다. 이렇게 마시는 것도 과연 체이서라 부를 수 있는지, 그리고 이런 경우에도 앞서 말한 체이서의 효과가 있는지는 모르겠다. 뭐 어찌되었든, 과음과 숙취는 떨어질 수 없는 관계인 것만은 확실하다.

아내의 직업은 양조사로,
여러 술을 동시에 테이스팅 하다보니
그게 습관이 됐다고 주장합니다만 -

글쎄요 …?

일요일 결혼식과

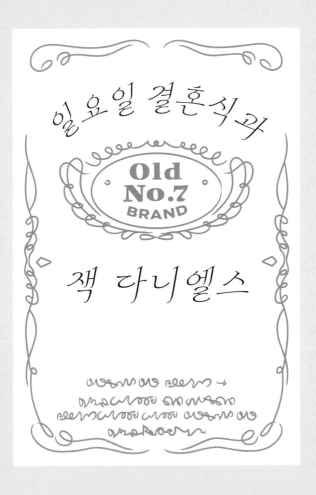

Old
No.7
BRAND

잭 다니엘스

정말이지 귀찮다. 귀찮은 정도로 따지자면 주말 사내 야유회랑 비슷한 수준이다. 일요일 오후 세 시의 거래처 담당자 결혼식이다. 그렇다고 가기 싫다는 것은 아니다. 이 담당자와는 거래 관계를 넘어 제법 친한 사이다. 안 갈래야 안 갈 수 없다. 그냥 어디까지나, 좀 귀찮다는 이야기다. 주말은 원래 아무것도 안 하고 집에 틀어박혀 쉬어야 제맛인데. 일요일에도 정장을 입어야 한다니, 어쩐지 한 주가 하루 먼저 시작되는 기분이다. 거래처 결혼식에 가면 제법 바쁘다. 이 사람 저 사람 찾아다니며 인사를 하는 건 기본. 상사라도 동행하는 날에는 거래처의 여러 사람에게 상사를 소개하는 일도 해야 한다. 나는 신랑도 아니고, 신랑 아버지도 아닌데. 기묘한 느낌이다.

"아이고, 축하드립니다!"

"어, 왔어?"

"준비하느라 고생 많았겠어요."

"말도 마. 빨리 끝났으면 좋겠다. 너무 힘들어."

결혼 전이었다면 이럴 때 건네는 말은 대체로 "신혼여행 어디로 가세요?"라던가, "신혼집은 어디로 하셨어요?" 같은 사실 별로 궁금하지도 않은 질문들이었다. 결혼한 뒤부터는 "고생하셨습니다."라는 격려의 말을 건넬 수 있게 되었다. 결혼식이라는 게 그 자체로 굉장히 피곤한 과정이라는 것을 예전에는 알지 못했다. 이날 결혼식의 하이라이트는 축가였다. 합창단에서 오래 활동하셨다는 신랑의 아버지가 단상에 올라 축가를 부르셨다. 신부 아버지가 부르는 경우는 간혹 봤는데 신랑의 아버지가 부르는 경우는 처음이라 매우 신선한 느낌. 노래는 프랭크 시나트라*(Frank Sinatra)*의 <My Way>다. 응? 마이 웨이요?

옆의 일본인 상사가 미묘한 웃음으로 내게 묻는다.

"이 과장, 한국에서는 이걸 결혼식에서도 불러?"

아니오, 이런 건 저도 처음 보는데요…? 이 노래의 가사 내용이 결혼식에 맞나? 아아, 그러나 신랑의 저 표정을 보라. 곤혹스러움을 온 힘을 다해 숨기면서도 아버지에 대한 존경심을 애써 내비치는 저 표정. 자세히 보니 양가 어르신들도, 신부도 비슷한 표정을 짓고 있다. 이 순간 모두가 한마음이다. 노래 같은 건 아무래도 좋아. 어서 이 결혼식을 성공적으로 끝내기만 하면 된다고! 나만의 생각이었을지 모르겠지만 나는 그 모습을 보며 이들이 정말로 가족이 되었음을 느꼈다. 이토록 한마음 한뜻으로 하나의 목표를 위해 똘똘 뭉치는 것은 가족만이 할 수 있는 일이다.

이상하지만 감동적인 결혼식을 보고 나오니, 어쩐지 잭 다니엘스를 마시고 싶어졌다. 역사상 최초의 아이돌*(언론에서 청소년들의 스타를 뜻하는 의미로 Idol이라는 표현을 쓴 첫*

사례가 프랭크 시나트라다), 프랭크 시나트라는 평생에 걸쳐 단 하나의 위스키만을 사랑했다. 바로 잭 다니엘스다. 그의 대기실 한쪽에는 언제나 잭 다니엘스가 상비되어 있었고, 때때로 무대 위에서 잭 다니엘스를 마시기도 했다.

"Ladies and Gentlemen. This is Jack Daniel's. And it is the nectar of the gods*(신사 숙녀 여러분, 이것은 잭 다니엘스입니다. 신들의 음료죠)*."

강렬하고 부드러운*(Bold and Smooth)*. 잭 다니엘스의 맛을 가장 잘 표현하는 단어다. 선이 굵고 거친 목 넘김과 그에 상반되는 부드럽고 달콤한 풍미. 시나트라는 주로 온더록으로 이 술을 즐겼다고 한다. 나는 잭 다니엘스를 온더록으로 마시기엔 목 넘김이 조금 부담스러워서 대체로 하이볼이나 잭 콕으로 즐긴다. 콜라와 잭 다니엘스를 *1:2*이나 *1:3* 정도로 적당히 섞으면 되는 간편한 레시피도 맘에 든다. 레몬즙도 조금 넣어주면 맛에 한층 세련미가 생겨 좋다. 거친 목 넘김에 가려져 있던 잭 다니엘스의 부드러운 바닐라 풍미를 콜라가 한껏 돋보이게 해주어 몇 잔이고 마실 수 있는 마성의 술이다.

"I did it MY WAY*(나는 내 방식대로 해왔어)*."

프랭크 시나트라의 <My Way>는 어떤 상황에서도 나의 방식대로 살아왔음을 자부하는 내용의 노래다. 보통 결혼할 때 내 방식대로 말고 상대방 방식을 이해하라고 말해주는 걸 생각하면 완전히 정반대의 메시지다. 아들이 인생의 새로운 스테이지에 오르는 것을 바라보며, 오늘 신랑의 아버지가 전하고 싶었던 마음은 무엇일까. 둥지를 떠나 꾸리는 새로운 삶에서도 자기 자신을 잃지 말라고 다독여 주고 싶으셨을까? My way. 곱씹어 보니 나쁘지 않은 것 같다. 이렇게 내 맘대로 타 마시는 잭 콕이 언제나 제일 맛있는 걸 보면.

잭 다니엘스 요모조모

† 프랭크 시나트라의 영향일까. 잭 다니엘스는 수많은 뮤지션들이 사랑해 마지않은 위스키다. 잭 다니엘스 애호가 중에는 특히 자유분방함을 최고의 가치로 추구한 록 음악계의 거장들이 많다. AC/DC의 보컬이었던 본 스콧*(Bon Scott)*은 공연 시 필요한 물품에 "잭 다니엘스만 있다면 다른 것은 아무래도 좋다."라고 했을 만큼 잭 다니엘스를 끼고 살았고, 너바나의 커트 코베인*(Kurt Cobain)* 또한 잭 다니엘스의 신봉자였다. 머틀리 크루의 보컬 빈스 닐*(Vince Neil)*이 공연 다음 날 해장으로 잭 다니엘스에 시리얼을 말아 먹은 일화는 유명하다. 오죽하면 "잭 다니엘스를 마시지

않으면 로커가 아니다."라는 말까지 나왔을 정도.

† 재미있게도 잭 다니엘스의 증류소에서는 잭 다니엘스를 마실 수 없다. 잭 다니엘스 증류소가 위치한 린치버그 카운티는 여전히 금주령이 시행되고 있는 드라이 카운티*(Dry County)*다. 이곳에서는 맥주를 제외한 어떤 주류도 판매하지 않는다. 그래서 잭 다니엘스 증류소를 방문하더라도 기념품 용도의 술을 구매할 수는 있지만 그 술을 현장에서 마시는 것은 불법이다. 지역에서 가장 많은 인원을 고용하는 회사가 잭 다니엘스임에도 주민들 스스로 여전히 금주 정책을 유지하기를 선택하다니. 기묘한 아이러니다.

제육볶음과
사이드카

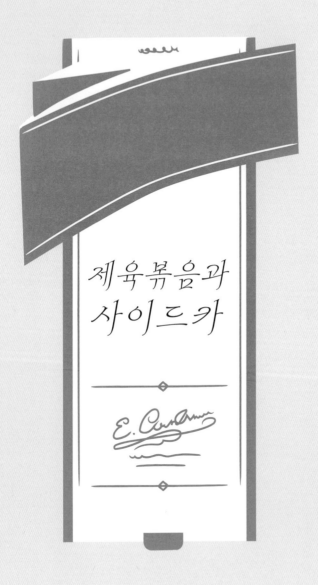

직장인의 소울 푸드라면 역시 제육볶음이 아닐까. 어떤 제육볶음이냐는 그다지 중요하지 않다. 그냥 제육볶음이면 된다. 국물이 조금 흥건한 제육볶음은 밥을 비벼 먹기 좋다. 국물 없이 자작하게 볶은 곳에선 쌈으로 싸 먹으면 딱이지. 사탕처럼 달콤한 제육볶음, 입 안이 얼얼하게 매운 제육볶음, 푹 익은 양파만 가득한 제육볶음, 덜 익은 당근이 스리슬쩍 끼어 있는 제육볶음, 뻑뻑한 고기 뭉텅이로 만든 제육볶음, 거의 다짐육에 가깝게 잘게 자른 고기로 만든 제육볶음까지 가리지 않고 다 좋아한다. 뭐랄까, 이쯤 되면 제육볶음이라는 음식을 좋아한다기보다 제육볶음이라는 개념 자체를 좋아하는 것 같다.

칵테일로 치면 사이드카*(Sidecar)*가 그렇다. 사이드카는 브랜디, 오렌지퀴라소, 레몬주스 세 가지 재료를 셰이킹해서 만드는 칵테일이다. *1922*년 발행된 칵테일 레시피 북에 처음으로 기록되었으니 그 역사가 이미 *100*년이 넘었다. 역사가 오래된 만큼 재료는 그대로이나 레시피의 변천이 꽤나 많았던 칵테일이기도 하다. 어디서는 브랜디, 오렌지퀴라소, 레몬주스를 모두 *1:1:1*로 섞으라고 하고, *2:1:1*을 제안하는 레시피 북도 있고, 우리나라 조주기능사 시험에서는 *2:2:0.5*가 규정된 레시피라고 한다. 즉, 바텐더의 실력에 따라 그 맛이 천차만별로 달라진다는 뜻이다. 뭐, 나는 그보다는 만드는 사람 마음대로 만들어도 괜찮다는 의미로 들리기는 하지만.

바에 가면 꼭 한 번은 사이드카를 시켜본다. 달고 시고 시원한 사이드카를 홀짝 한 모금 마시면, 그 맛의 밸런스가 어쩌니 하는 생각보다는 그냥 기분이 좋다. 새콤해서 눈을 질끈 감게 되고 달콤해서 배시시 웃게 된다. 술이 너무 독한 사이드카, 셰이킹이 좀 과해서 약간은 밍밍한 사이드카, 치아의 아말감이 녹아버릴 듯이 신 사이드카, 약간은 짭조름한 사이드카, 설탕을 한 스푼 가득 입에 넣은 듯이 달달한 사이드카까지. 모두 다 이러나저러나 사이드카라는 사실이 좋다. 제육볶음과 사이드카, 내 영혼의 양식.

토막 술 상식: 브랜디와 퀴라소 리큐어

† 브랜디는 포도주를 증류한 술을 통칭하는 말이다. 대부분의 와인 산지에서 만들어지는데 지역에 따라 호칭이 다르다. 프랑스는 코냐크과 아르마냐크 지방에서 생산된 것이 가장 유명하다. 그 외의 지역에서 생산된 브랜디에는 지역명 앞에 핀*(Fine)*이나 마르*(Marc)*를 붙여 부른다. 핀은 와인을 증류한 것, 마르는 발효한 포도를 압착하고 남은 찌꺼

기를 증류한 것이다. 숙성을 거치지 않은 것은 오드비(*Eau-de-vie, 생명의 물이라는 뜻*)라고 부르는데 이것도 넓게 보면 브랜디의 일종이다. 이탈리아에서는 그라파(*Grappa*)가 대표적이다. 유럽연합에서 규정한 그라파의 요건에 맞지 않는 경우에는 아쿠아비테(*Acquavite, 이것도 생명의 물을 뜻한다*)라고 한다.

† 퀴라소(*Curaçao*)는 리큐어의 한 종류로 퀴라소라는 이름은 원료가 되는 라라하 오렌지가 서인도제도에 위치한 네덜란드령 퀴라소섬에서 생산되는 데에서 유래했다. 오렌지 리큐어이나 제조 과정에서 오렌지 과즙은 원칙적으로 사용되지 않으며 오직 오렌지 과피만을 사용한다. 증류주에 오렌지 과피의 풍미를 입히는 방식으로 17세기 후반 네덜란드에서 처음 만들어졌다. 독특한 풍미 덕에 다양한 칵테일의 재료로 많이 사용된다. 사이드카의 레시피에서 기주를 진으로 바꾸면 화이트 레이디(*White Lady*), 보드카로 바꾸면 발랄라이카(*Balalaika*), 럼이면 X.Y.Z가 된다. 기본이 되는 화이트 퀴라소 외에도 다양한 합성 착색료를 섞어서 파란색, 빨간색, 녹색 등의 색을 내기도 한다. 대표적인 브랜드로는 쿠앵트로(*Cointreau*)와 그랑 마르니에(*Grand Marnier*)가 있는데, 이 중 그랑 마르니에는 일반 주정이 아닌 브랜디를 베이스로 만들어지는 것이 특징이다.

† 퀴라소 리큐어를 활용한 추천 레시피는 ‘퀴라소 밀크’. 얼음을 담은 잔에 우유를 채우고 퀴라소 리큐어를 45mL 넣어 살짝 섞어주면 끝. 취향에 따라 가니시로 인스턴트 커피 가루를 살짝 올리거나 다크초콜릿 잘게 다진 것을 올려주어도 좋다.

처음 가는 바에서도 주저 없이
사이드카 한 잔 부탁합니다.
네.
사이드카를 시킬수 있는 건
챠
차
차
카
챠
카
두근두근
어떤 사이드카여도 좋기 때문.
나왔습니다.
꺄! 이번엔 어떤 맛일까?! (마음의 소리)
어랏? 혹시 이게 바로 사랑인가요?

* 사이드카 —

제2부서

영업팀

직관적인 즐거움,

발렌타인

AGED 30 YEARS

"이 과장, 오늘 저녁에 뭐 해? 홍대 올래?"

"오, 좋죠. 어디로 갈까요?"

수요일 퇴근 시간이 다 되어서 받은 거래처 사장님의 갑작스러운 번개 요청. 웬만하면 이런 번개는 받지 않지만 이분만은 예외다. 이 사장님의 주량은 하이네켄 한 병. 오늘은 하이네켄에 대해서 이야기해 볼까 한다. 아무튼 이 사장님을 만나면 서로 맥주 한 병씩 놓고 서너 시간 동안 떠드는 이야기를 들어주기만 하면 되어서 나로서는 간의 부담이 덜한 좋은 접대라 굳이 마다할 이유가 없다.

여기까지만 들어도 아저씨 둘이 홍대에서 만나서 뭐 하나 싶겠지만 의외로 뭐든지 할 수 있는 조합이다. 주된 패턴은 간단히 밥을 먹고 커피 한잔하고 펍이나 LP 바에 가서 노래 들으면서 맥주 한 병 마시는 코스다. 브라질 국채에 투자했다든가 최근에 용돈벌이로 티타늄 팔찌를 만들어서 부수입이 얼마 생겼다든가 하는 실없는 이야기가 보통이다. 얼마 전 업계의 누가 어느 술집에서 어떤 추태를 부렸다더라는 가십거리를 나누기도 한다. 이렇게 업무와 아무 상관없는 이야기를 서너 시간 듣다 보면 시뻘게진 얼굴로 돌연 "집에 갑시다!"를 외치고 털레털레 걸어가는 것이 이 사장님의 일상이다.

아, 이 사장님은 집이 홍대입구다. 그러니까 그냥 집

앞에서 노는 거지 아저씨가 젊은이들 노는 데에 끼고 싶어서 이러는 건 결코 아니라고요.

간단히 끼니를 때우고 커피로 입가심도 했지만 아직 고작 7시.

“사장님, 오늘은 어디로 가실까요?”

“어, 오늘 우리 클럽 가자.”

“클럽이요???”

이런, 나도 모르게 너무 크게 되물었다. 원래도 표정을 숨기는 건 잘하지 못하지만 이건 좀 많이 예상외인데?

“아니, 춤추는 클럽 말고. 저기 <에반스>로 재즈 들으러 가자.”

오, 클럽 <에반스>. 좋은 곳이지. 하여간 술만 못 마시지 노는 건 정말 잘 노는 분이다. 근데 갑자기 왜 거기에 가는 것일까.

“요즘 내가 재즈 듣고 싶어서 자주 갔는데 말이야, 내가 맨날 혼자 가서 맥주 하나 시켜놓고 몇 시간씩 죽치고 있으려니까, 거기 사장님한테 미안해 죽겠더라고. 그래서 지난번 갔을 때 발렌타인을 한 병 시켜놨거든. 가서 이 과장이 그거 좀 마셔줘.”

아니, 이런 횡재가. 아무래도 하이네켄 이야기는 다른 날로 미뤄야 할 모양이다. 간의 효율이 떨어지는 접대 자리가 된 것은 예상외지만 발렌타인(*Ballantine's*)이라면 얘기가 다르지. 술을 잘 모르는 사람도 발렌타인은 안다. 위스키의 대명사. 아니, 양주의 대명사라 해도 손색이 없을 것이다.

내 발렌타인 첫 경험은 불행히도(?) 발렌타인 30년산이었다. 그때 나는 갓 수능을 끝낸 꼬맹이었다. 발렌타인은 술맛도 모르는 나이에 삼겹살 안주에 마시기에는 너무나 귀한 술이라, 지금도 그때를 떠올리면 꽤나 속이 쓰리다.

오늘의 발렌타인은 17년산. 아이구, 12년만 되어도 충분한데 술도 못 드시는 분이 뭐 이리 좋은 걸 시켜두셨담. 발렌타인은 'The Scotch'라는 별명으로 불릴 만큼 스카치위스키를 대표하는 블렌디드 위스키다. 개성이 없어서 호불호가 없다는 게 장점이자 단점이라는 것이 술꾼들 사이에서의 대체적인 평가다. 그런데 호불호가 없다면서요. 그러면 그냥 장점만 있는 것이 아닌가? 내가 생각하는 발렌타인 최고의 미덕은 '아! 내가 스카치위스키를 마시고 있구나!' 하는 직관적인 즐거움이다. 많은 사람이 발렌타인을 통해 위스키에 입문한다는 걸 생각하면 초심의 맛이라고도 할 수 있겠다. 발렌타인 17년산 정도의 술이면 얼음 없이 마시는 니트로도 맛있고 탄산수를 넣은 하이볼*(Highball)*도 청량하니 좋지만 오늘은 재즈와 함께니까 트와이스업이다. 재즈 마니아이자 위스키 마니

아인 무라카미 하루키(村上春樹)는 항상 트와이스업으로 마신다지. 그래, 오늘은 하루키 스타일이다.

즐거운 술자리가 끝나고 며칠 뒤, 사장님에게서 발주서가 도착했다. 이분은 항상 이런 식이다. 갑자기 저녁을 먹자 해놓고 따로 일 얘기는 하지도 않았으면서 며칠 뒤엔 이렇게 발주서를 보내준다. 발렌타인도 얻어 마시고 발주도 따냈다. 이번엔 내가 먼저 남겨둔 발렌타인 마시러 가자고 해야겠다.

위스키를 마시는 다양한 방법

† 스트레이트(*Straight*): 니트(*Neat*)라고도 한다. 위스키 본연의 맛과 향을 즐기고 싶을 때 적당하다. 흔히 양주잔이라고 불리는 작은 샷(*Shot*) 잔보다 높이가 낮고 무게감이 있는 텀블러(*Tumbler*) 잔이나 향을 잘 모아주는 글렌캐런(*Glencairn*) 잔에 담아 마시는 것이 좋다.

† 트와이스업(*Twice Up*): 위스키와 물을 *1:1*로 섞어 마시는 방법이다. 이때 물은 상온이어야 한다. 스트레이트는 부담스럽지만 차가운 온도로 향을 잃고 싶지 않을 때 적절하다.

참고로 위스키와 물의 비율을 *1:2~2.5*까지 늘리면 '미즈와리(みずわり)', 섞는 물이 따뜻할 경우에는 '오유와리(おゆわり)'라고 부른다.

† 온더록(*On the rock*): 언더록(*Under rock*) 아님 주의! 아마도 가장 흔하게 마시는 방법 아닐까. 바위처럼 큼지막한 얼음덩어리를 넣은 텀블러 잔에 위스키를 반 정도 채운다. 얼음이 천천히 녹아 맛은 선명하면서도 차가운 온도 덕에 알코올 향이 한 숨 죽어 편하게 천천히 즐길 때 좋다.

† 미스트(*Mist*): 텀블러 잔에 잘게 부순 얼음을 가득 넣고 위스키를 적당히 채운다. 유리잔에 하얗게 이슬이 맺히는 모습 때문에 '미스트'라는 이름이 붙었다. 자잘한 얼음 덕에 빠르게 묽어져서 알코올이 잘 느껴지지 않아 부드럽게 마시기 좋다.

SINCE 1924

성화 봉송과 소맥

fresh

회식. 이 두 글자에 뭐라 형용하기 어려운 여러 감정이 피어오른다. 우선 아무래도 불편하다. 회삿돈으로 공짜 술과 맛있는 밥을 먹을 수 있는데 뭐가 불만일까 싶냐마는 산해진미도 누구와 먹느냐가 중요하다. 회식 자리에서 부하 직원들과 허심탄회하게 대화도 나누고 격려도 하고자 하는 높으신 분들의 입장도 이해한다. 다만 나 역시 나의 입장이 있다. 술 정도는 맘 편히 마시고 싶다는 아주 소박한 입장이다. 회식을 하면 나는 언제나 굉장히 바쁘다. 물도 따르고, 고기도 굽고, 술도 따르고 또 주시는 술도 받아야 한다. 한잔이라도 꺾어 마시려는 참이면 잔을 내려놓기도 전에 나를 걱정해 주시는 팀장님이 감사한 한마디를 건네주신다. “이 과장, 오늘 어디 아파?” 회식이 싫은 가장 큰 이유는 역시 이렇게 은근히 강권하는 술잔 아닐지.

코로나 덕분(?)에 회식이 금지되었을 때는 내심 쾌재를 불렀다. 사적 음주 시대가 열린 것이다. 통계에 따르면 코로나 이전에는 음주를 함께하는 대상이 직장 동료나 상사가 많았던 반면 코로나 이후에는 배우자나 친구 등 친밀한 관계에 있는 사람과 술을 마시기 시작했다고 한다. 한국에서 음주 문화의 패러다임이 집단적인 음주에서 사적 음주로 옮겨가는 역사적인 순간을 목격한 한 줄 평을 남기자면 이렇다. 야~호~

나는 강요하는 문화만 없다면 소맥을 제법 좋아하는 편이다. 뭐랄까, 소맥이 아니면 바이브가 살지 않는 자리도 있는 법이니까. 소맥을 만드는 기술 때문에 거래처 회식 자리에 불려 간 적도 있다. 갑자기 불려 가서 이렇게 저렇게 한바탕 곡예와 같은 현란한 기술을 선보이고 자리에 있던 모든 이를 환호성과 함께 쓰러지게 만들었다는 뭐 그런 이야기. 영업인이라면 누구든 하나쯤은 갖고 있는 흔한 영웅담이다.

소맥은 한국에서 대체로 회식의 시작을 알리는 신호탄이다. 윗분들이 서로 덕담을 주고받는 동안에 막내가 빠르게 만들어 한 잔씩 돌리면 거국적으로 짠! 벌컥벌컥. 첫 잔은 원샷이 암묵적인 룰이다.

소맥이 지금과 같이 널리 퍼지게 된 것은 한국의 회식 자리와 합목적성을 가지고 있었기 때문이다. 한국 사회에서 술은 개인을 집단의 일부로 용해시키기 위한 용매로써 기능해 왔다. 세계적으로 비교 대상을 찾기 어려울 정도로 단기간에 이룬 고도성장의 이면에서 나의 욕망은 곧 너의 욕망이어야 했다. 개성이나 취향은 사치였다. 일이 힘들고 거칠수록, 그 업계가 더더욱 거칠고 빡센 음주 문화, 회식 문화를 가진 것은 그래서 자연스럽다. 이런 술자리에는 소맥이 더할 나위 없이 잘 어울린다. 두 개의 술을 뒤섞는 행위가 그 자체로 집단의 하나 됨을 상징하고, 무엇보다 빠르게 취하기 때문에 서로의 경계가 금세 허물어진다.

이런 소맥에도 때로는 배려가 깃든다. 어제도 거래처와 회식한 신 차장님은 오늘은 조금 연하게. 입맛 까다로운 김 차장님은 언제나 정량 레시피로. 빨리 취해서 1차만 끝나고 집에 가셨으면 싶은 우리 팀장님은 조금 더 독하게. 취하기 싫은 나는 몰래몰래 맥주만 넣어서. 첫 잔부터 장난질하면 큰일 나겠지만 이미 거나하게 취기가 오른 상태에서는 이 정도의 강약 조절은 제조 담당 막내의 특권이다.

술을 즐기는 사람이라면 다들 눈대중으로 완벽한 소맥 비율을 맞출 수 있다는 자부심이 있을 것이다. 나는 항상성을 중요하게 여기는 사람이라 조금 쪼잔해 보이더라도 언제나 계량컵을 사용한다. 소주잔 두 개를 겹쳤을 때 아래쪽 소주잔이 윗쪽 소주잔을 덮는 경계선까지 소주를 넣고 맥주잔에 따른 다음, 위에 놓인 소주잔에 맥주를 가득 채워 다시 맥주잔에 넣는다. 원샷으로 털어 넣어도 부담 없는 양이 장점이라면 만들자마자 다음 잔을 만드느라 손이 바쁜 것은 단점. 누가 소맥 한 잔 말아보라 했을 때 맛없다고 면박받을 일은 없는 나름의 황금 레시피다.

지금까지 마셔본 폭탄주 중에 가장 기발한 소맥 베

리에이션은 단연 '성화봉송주'다. 성화봉송주는 우선 성화 역할을 할 폭탄주를 만들어야 한다. 소주잔 두 개를 겹쳐 아래쪽 잔에는 복분자주를 넣고 위쪽 잔에는 소주를 채워 맥주잔 안에 넣는다. 복분자주의 붉은색이 불꽃 역할이다. 그런 다음 맥주잔 안에 맥주를 따라 넣어 성화를 만들고, 거꾸로 세운 맥주병의 평평한 밑바닥 위에 맥주잔을 올린다. 마실 때에는 마치 올림픽 성화를 든 것처럼 맥주병 주둥이 부분을 한 손으로 잡고 마셔야 한다. 잔에 손을 대면 안 되기 때문에 힘을 조절하여 균형을 잡는 것이 까다롭다. 이런 건 정말 누가 생각해 낸 건지. 한국 사람들 정말 대단하다.

그래!!
끝까지 가는거야
이과장!
아이참 —
과장니잉!!!

을지조명
1,2층
전시장
tel. 02-2XXX-XXXX
인테리어 조명

고래 고기와
조니워커 블루

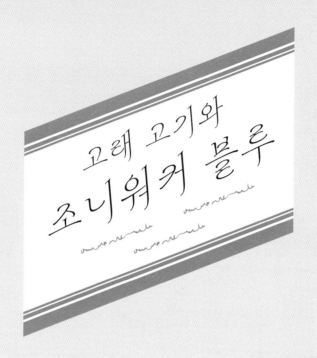

그 사장님이 돌아온다. 지난 2년간 회식에는 절대로 등장하지 않았던 거래처 사장님이 이번 회식에는 복귀한다고 한다. 회식 자리에서 사장님이 자취를 감추기 전, 그 사장님은 언제나 상징적인 존재였다. 조니워커(Johnnie Walker) 블루와 검은 비닐봉지에 담긴 고래고기수육이 사장님의 시그니처. 단골 가게에서 포장해 온 고래고기수육을 상에 올리는 것은 그 사장님이 중요한 손님을 귀하게 대접하는 방식이다.

한편 조니워커 블루. 수많은 조니워커 중에서도 신비성, 희소성, 고귀함을 의미하는 파란색을 부여받은 블루 라벨은 사장님의 자존심을 상징했다. 회식에 참석하는 이들은 쉽게 접하기 힘든 귀한 술에 잠시 술렁이며 설레다가도, 이내 그 귀한 술이 폭탄주의 재료가 되는 걸 보며 안타까운 탄성을 삼키곤 했다. 그 사장님에겐 사람들의 실망 어린 탄성을 보며 누구보다 즐거워하는 짓궂은 면이 있었다.

그러던 사장님이 회식 자리에서 홀연 자취를 감췄다. 사장님이 회식 자리에서 사라진 것은 그 회사의 경영 상황과 연관이 있다. 어느 날 아침, 나는 갑작스러운 전화 한 통을 받았다. 그 사장님에게서 온 전화였다. 회사의 외환거래 실패로 인해 하룻밤 사이 600억 원의 손실이 발생했고, 조만간 기업회생절차에 돌입할 예정이라는 통보였다. 자금 사정이 당장 여의치 않으니 우리 회사에 지불해야 하는 매출채권의 기한을 조정해 줄 수 있는지 문의하는 내용이었다. 갑작스러운 주요 거래처의 급격한 재무상태 악화와 신용도 하락으로 우리 회사는 비상이 걸렸다. 당장 이 업체와 거래를 계속해야 하는지에 대한 마라톤 회의가 이어졌다. 무사히 대금을 회수하기 위해 이제라도 여신을 줄이고 기업 청산에 대비해야 한다는 입장과 향후 사세 회복을 감안하여 지금 힘들더라도 다시 회사를 일으킬 수 있도록 협조하자는 입장이 팽팽하게 맞섰다.

다행스럽게도 회의는 거래처의 회생에 협조하자는 방향으로 종료되었다. 이 과정에서 사장님은 크게 상처를 받은 듯 보였다. 피땀 흘려 일궈온 회사가 본인의 한순간 실수로 무너질 위기에 처한 것을 인정하기 쉽지 않은 듯했다. 언제나 약간의 장난기와 넘치는 야망이 잔뜩 깃들어 있던 사장님의 눈빛이 언뜻 흔들렸다.

이날 이후 사장님은 회식에 참석하지 않게 되었다. 업무상 필요한 미팅에는 자리하지만 예전처럼 술자리에 참석해서 직접 분위기를 띄우거나, 격려하는 일은 하지 않았다. 그런 사장님이 이번 회식에 돌아온다. 묘한 긴장감이 흘렀다. 아마도 어느 정도 회사의 회생절차가 마무리 단계에 접어든 것을 기념하고 싶은 것이겠지. 그렇다면 오늘도 조니워커 블루에 맥주인 걸까? 기쁜 것 같기도 슬픈 것 같기도.

회식 장소에 도착하니 사장님은 어김없이 한 손에는 고래고기수육이 담긴 검은 비닐봉지를 들고, 다른 한 손에는 술병을 들고 등장했다. 2년 전 마지막 회식 때와 같은 모습. 그런데 가져온 술이 달랐다.

사장님이 꺼낸 위스키는 국산 블렌디드 위스키 골든블루(*GoldenBlue*)였다. 골든블루는 스코틀랜드에서 생산된 위스키 원액을 수입하여 한국에서 블렌딩한 한국산 위스키다. 믿거나 말거나, 맛은 놀라울 정도로 조니워커 블루와 흡사하다. 아니, 진짜로요. 물론 두 가지가 헷갈릴 정도는 아니다. 그러나 조니워커 블루 특유의 세련된 부드러움만큼은 매우 충실하게 구현했다. 본인의 복귀전에 조니워커 블루 대신 골든블루를 가져오다니. 사장님이 어쩐지 조금 다르게 보였다. 어쩌면 지금의 사장님에게 골든블루는 허세를 덜어낸 실속 있는 성공의 맛이 아닐까.

조니워커 블루는 숙성 연수와 무관하게 그 자체로 최고의 위스키를 만들고자 하는 마음가짐에서 탄생했다. 불필요한 고정관념에 사로잡히기보다 본질에 집중하는 자세가 진정으로 최고를 만들어낸다는 믿음은, 어쩌면 도수를 낮추더라도 부드러운 풍미를 추구한 골든블루의 맛에도 조금은 담겨 있는지도 모르겠다.

조니워커 블루는 1만 개의 오크 통 중 한 개만이 조니워커 블루가 될 자격을 부여받는다고 할 정도로 귀한 원액만을 블렌드한 조니워커의 상징적인 위스키다. 숙성 기간과 무관하게 오로지 맛과 향만을 기준으로 블렌딩 작업이 이루어지며 최고급 제품답게 모든 제품에는 일련 번호가 각인되어 있다.

조니워커 블루는 니트, 온더록, 트와이스업 등 어떻게 마셔도 맛있지만, 그 본연의 맛을 가장 잘 즐길 수 있다고 하는 '퍼펙트 서브'라는 음용법이 공식 홈페이지에 소개되어 있다. 퍼펙트 서브는 다음과 같다.

블루 라벨의 퍼펙트 서브

I. 텀블러 잔에 블루 라벨 45mL를 얼음 없이 담는다.

II. 별도의 얼음 잔에 차가운 물을 준비한다.

III. Nosing. 블루 라벨이 담긴 잔을 코에 가까이 가져가 향을 맡는다. 살짝 입을 벌리고 향을 맡으면 보다 풍부하게 향을 느낄 수 있다.

IV. Reset. 퍼펙트 서브의 중요한 포인트다. 위스키를 마시기 전, 차가운 물을 약 *10*초간 입에 머금었다가 목으로 넘긴다. 혀를 리셋하고, 구강 내의 온도를 낮춤으로써 위스키의 맛을 보다 선명하게 느낄 수 있다.

V. Tasting. 입 안이 차갑게 리셋된 상태에서 블루 라벨을 한 모금 입에 머금는다. 혀 위에서 천천히 액체를 굴리면 차가웠던 온도가 천천히 올라오며 여러 겹으로 뭉쳐 있던 맛의 요소가 서서히 풀어진다. 복합적이고 품격 있는 풍미, 스모키한 뉘앙스, 깊이감 있는 달콤함. 각 풍미가 이끄는 대로 블루 라벨의 원액이 만들어진 증류소를 상상 속에서 탐험하는 것도 커다란 즐거움이다.

직접 빚어 먹는 쌀술

악재는 대개 겹쳐서 온다. 설상가상, 화불단행, 엎친 데 덮치고, 산 넘어 산이다. 거래처에서 입금 예정일에 돈을 못 줄 것 같다고 갑자기 전화가 왔다. 다른 거래처에서는 납기가 한 달 반 정도 밀릴 것 같단다. 약속된 납기는 다음 주인데 말이다. 지난주에 납품한 거래처에서는 갑작스레 떼불량이 발생했다며 공장장님이 불같이 화를 낸다. 지나고 나면 다 별일 아닌데 싶지만, 오늘 하루에 감당하기는 조금 버겁다. 이렇게 삶이 신산하게 느껴질 때면 가끔씩 집에서 술을 빚어 마신다.

술을 만드는 것을 일컫는 말로는 '담그다'라는 말도 있고, 사어(死語)에 가까운 '괴다'라는 말도 있지만, 쌀로 술을 만들 때는 어쩐지 '빚는다'고 하는 것이 가장 적절하게 느껴진다. 쌀로 술을 직접 빚어보면 안다. 왜 이렇게 말하는지. 단단한 쌀알을 치대고 이겨서 고체를 액체로 만드는 과정은 단순한 담금의 행위도 아니고, 자연히 괴이는 일도 아니다. 양조의 과정을 이론적으로 알고 있더라도, 실제로 뽀얀 쌀을 마주하면 사실 막막함이 앞선다. 이걸 어떻게 액체로 만들지?

이 막막함에도 굴하지 않고 한 단계, 한 단계 과정을 밟으면 술이 될 것이라는 믿음을 가지고 임하면 결국 술이 만들어지는 것이 집에서 술 빚기의 매력이다. 기초적인 원리만 잘 따른다면 술을 빚는 데에는 딱히 정답이 없다. 나는 주로 냉털(냉장고 털이)양조를 하는 편이다. 어지럽고 고단한 마음의 문제를 정돈하는 데에는 이만한 방법이 없다. 술도 빚고, 마음도 정리하고, 겸사겸사 냉장고도 정리하는 *1*석 *3*조 양조법이다.

퇴근 후 저녁에 솥 밥을 지어 먹을 요량으로 냉장고 안에 미리 불려 놓았던 쌀을 가지고 만들자. 이 쌀도 자신의 운명이 이렇게 느닷없이 바뀔 줄은 몰랐겠지만, 소설가 다자이 오사무(太宰治)의 말처럼 뻗어나가는 쪽에 햇볕이 드는 것이 삶이겠지. 고두밥을 만들고 누룩과 물을 섞는다. 내가 선호하는 비율은 쌀과 재래 누룩, 물의 비율을 *1:0.2:1.5*로 만드는 것이다. 만들 때마다 맛이 전혀 다르지만 모두 먹을 수 있는 범주 안에 있는 다이내믹함이 즐겁다. 미리 다듬어둔 냉이와 두릅을 어슷하게 잘라 함께 버무린다. 그렇다. 사실 처음 저녁 메뉴였던 솥 밥의 목적도 냉털이었다. 봄의 끝자락을 잡고 냉이두릅솥밥을 해 먹으려고 했는데, 술로 만들어두면 봄의 생명력을 조금 더 오래 즐길 수 있을 테니 오히려 좋다. 쌀과 냉이, 두릅 모두 좌충우돌 가는 길은 달라졌어도 함께한다는 목적은 변하지 않았다.

좋아하는 드라마를 틀어놓고 치대도 좋지만, 오늘은 빚는 일에만 집중하고 싶다. 냉이와 두릅 향기만으로도 충분히 자극적인 밤이 되니까. 술을 빚을 때에는 무작정 재료를 꽉꽉 주무르거나, 쌀알을 쥐어짜거나, 비비거나 하면 안 된다. 전체적으로 고른 압력을 전달하겠다는 자세로, 손안에서 쌀알을 꽉 쥐더라도 날달걀을 깨지지 않게 쥐는 느낌으로… 라고 해야 하나. 역시 글로는 전달이 어렵다. 그렇지만 한번 빚어보면 어지간해서는 이 매력에서 빠져나가기 힘들다. 질척질척한 소리, 미끈하면서도 끈적한 느낌, 살짝 달콤한 향기가 나기 시작하면 쌀이 당화하며 술이 될 준비를 마친 것. 깨끗한 용기에 옮겨 담고, 면포와 끈으로 입구를 감싼다. 발효 과정에서 이산화탄소가 나오기 때문에 밀폐하면 폭탄을 만들게 되는 것이니 주의해야 한다.

한바탕 어질러진 주방 정리까지 마치고 나면 몸은 피곤해도 아드레날린이 잔뜩 충전된 기분이 든다. 이번 술은 어떤 모습으로 완성될까. 이 술이 다 익을 즈음이면 이어진 사건과 사고도 얼추 수습이 되었겠지. 어쩔 수 없이 버텨야 할 때도 있다. 열심히 버텨서 맛있는 쌀술 한잔 꿀꺽 비워야지.

나만의 쌀술 만들기

● 준비물

① 쌀 1kg : 뿌연 물이 안 나올 때까지 씻어
2시간 불려 찜기에 40분 간 찌고
25도~30도 정도까지 넓게 펴서
식혀주세요.

② 누룩 200g : 인터넷에서 살 수 있어요.
하루 전 쯤 햇볕을 쪼여주면 좋아요.

③ 물 1.5L : 아리수도 괜찮아요.

④ 용기 : 2.5L 이상 들어가는 용기를 준비해
깨끗이 잘 닦아주세요.

다른 얘기지만
일에 치인 날이면
유독 머리가 한 숨
푹 꺼집니다. 저만
그런가요?
쌀술을 빚어두면
퇴근하자 마자
술독부터 들여다보게 되지요.
가만히 지켜보면
뽀골 거리는 것이
퍽 귀엽습니다.
뽀골
뽀골
뽀골
뽀골
뽀골

● 빚자 !!

깨끗한!

①, ②. ③을 ④에 넣고 손으로 주물주물 합니다. 30분 정도 주무르면 (좋아하는 드라마를 틀어놓거나, 친구들과 모여 수다를 떨면서 하면 더욱 즐겁습니다) 달콤한 냄새가 나기 시작합니다. 그럼 거의 다 됐어요.

여기서 잠깐 !!

발효하는 동안 '이산화탄소'가 발생하는데요. 때문에 용기를 밀폐하면 폭탄을 만드는 것과 같습니다. 그러니, 뚜껑은 살짝 열어두거나 먼지가 들어가지 않게 면포로 감싸주세요.

● 이제 기다립니다.

어둡고 서늘한 (25도 이하) 곳에 두고, 처음 3일은 아침 저녁으로 주물러주고, 매일 맛도 보고 냄새도 맡아 보세요. 귀여운 반려 술 친구가 생긴 기분이 듭니다.

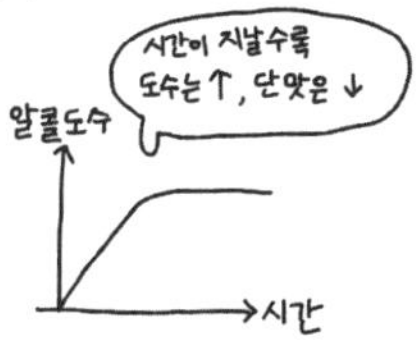

● 완성!!!

일주일에서 이주일 정도 사이에 짭니다. 매일 맛을 보며 '이 때다!' 싶을 때 짜면됩니다. 믹서에 갈아도 돼요. 완성된 술은 용기에 넣어 뚜껑은 살짝 열고 냉장고에 보관합니다. 마실 때는 기분에 따라 물이나 얼음, 꿀이나 과즙을 넣어 마시면 재밌습니다. 그럼, 모쪼록 즐겨주세요!

과묵한 위스키 사워

🍷 얼큰하게 취기가 오른 와중에도 혼자서 꾸역꾸역 바에 기어들어 갈 때가 있다. 공허한 마음을 채우고 싶을 때다. 이럴 때 찾는 바를 하나쯤 가지고 있다는 것은, 월급쟁이 술꾼으로서는 든든한 자부심의 발로이기도 하다. 아무리 너덜너덜하게 털린 날이라도 하루를 웃으며 끝낼 수 있다는 믿음이 생기니까. 평소의 퇴근길이라면 그렇다는 얘기다. 오늘처럼 출장으로 생소한 지역에 온 경우에는 참 곤혹스럽다. 별수 있나. 코가 베이든 머리가 깨지든 새로운 도전을 감행하는 수밖에.

우선 좋아하는 바의 형태를 떠올려 보자. 위치는 1층이거나 지하 1층이 좋다. 2층까지는 괜찮지만 그보다 높이 있는 바라면 호텔 바가 아닌 이상 끌리지 않는다. 이미 취해서 붕 뜬 기분인 채로 너무 높은 곳에 올라가고 싶지는 않거든요. 조명은 너무 화려하지 않은 것이 좋다. 취기에 발갛게 달아오른 얼굴이 적당히 가려지는 정도의 조도가 편안하다. 테이블은 없거나 프라이빗 룸에만 있고 나머지는 카운터로만 이루어진 곳이 가장 이상적이다. 혼자 와서 테이블에 앉기도 민망하거니와, 모두가 바 카운터에 있으면 어쩐지 수평적인 관계에 있는 느낌이 적당한 긴장감을 준다. 바 테이블의 상판은 원목이어야지. 길게 뻗은 바 테이블이 만약 접합점 없이 매끈한 한 장의 나무로 된 곳이라면 나는 그곳에 뼈를 묻을 자신

이 있다. 원목이 아니더라도 다른 인테리어와 어울린다면 괜찮다. 그러나 테이블이 스테인리스로 된 곳이라면 가기가 꺼려진다. 닿을 때마다 너무 차가워서 화들짝 놀라고 말 테니. 내 돈 내고 취했는데 놀래서 술 깨면 아깝잖아요. 의자는 적당한 탄성이 내 몸을 바 테이블에 기대기 좋게 만들어 주는 것이 취향이다. 너무 푹 꺼지는 의자라면 그곳에서 술 마시다 말고 잠들어 버릴 것 같아서 무섭다.

처음 가는 바라면 과묵한 바텐더를 선호한다. 처음 만난 사이에 나눌 만한 얘기라는 게 뻔해서 정신을 차리고 보면 같은 얘기를 사람과 장소만 바꾸면서 반복하게 된다. 혼자 온 손님이 적적할까 봐 먼저 말을 걸어주는 배려는 감사하지만, 마음만 받고 혼자 조용히 있고 싶은 것이 솔직한 심정이다.

이런저런 상상을 하며 발이 닿는 대로 오늘을 마무리할 바에 도착. 위치는 2층이지만 적당한 조도의 조명이 마음에 든다. 바 테이블은 반짝이는 광택 처리가 잘된 원목에 다소 높은 스툴이 주는 긴장감이 좋다. 흘러나오는 음악의 볼륨도 편안하다. 바에서 흘러나오는 음악은 듣기 편하고 좋은데 내가 모르는 노래지만 굳이 무슨 노래인지 찾아보고 싶지는 않은 정도가 가장 좋다. "취향 이상하시네요."라고 말씀하셔도 "그렇습니다." 말고는 드릴 말씀이 없다. 언뜻 본 백 바(Back Bar, 다양한 술이 놓인 바텐더 뒤 찬장)에 놓인 술의 면면도 훌륭한 것이 오늘의 바는 어쩐지 이미 성공한 느낌이다.

바에 가면 첫 잔은 대체로 진 피즈를 시켜서 시원하게 원샷 하는 것이 습관이지만 오늘은 조금 특별하게, 위스키 사워(Whisky Sour)다. 위스키 사워는 버번위스키에 레몬주스와 설탕 시럽을 넣고 셰이킹 한 칵테일이다. 달걀흰자를 함께 넣고 셰이킹 하여 풍부한 거품을 만드는 경우도 있는데, 이렇게 하면 부드러운 거품 덕에 한결 마시기 편한 느낌을 준다. 다만 개인적으로는 어쩐지 술에 달걀흰자가 들어가는 것을 상상하면 기분이 묘해서 항상 흰자는 빼고 주문한다. 달걀흰자를 빼면 비교적 레시피가 단순해서 집에서 만들어 마시기도 편하다. 기주로 사용하는 위스키는 우드포드 리저브(Woodford Reserve)를 가장 선호한다. 가격이 좀 있는 술이라 그런 짓을 바에서 자주 하면 파산하기 딱 좋으니 주의해야 한다. 집에서 만들어 먹을 때 사용하는 겁니다. 모자란 기술을 좋은 술로 보완하는 거죠.

잠시 기다리니 바텐더가 기다란 롱 드링크 잔에 담긴 위스키 사워를 가지고 왔다. 기본 레시피에 탄산수를 더해서 조금 더 마시기 편하게 만들어준 모양이다. 취한 손님을 위한 배려가 참 고맙다. 안 그래도 목이 좀 타던

참인데. 달고 시고 시원한 맛이 무거운 눈꺼풀을 밀어 올린다. 참 맛있네. 상큼하고 청량한 느낌이 술에서 깨는 기분이다.

몇 잔의 술을 더 청해 마시고 가게를 나섰다. 내가 묻는 말 외에는 별다른 말도 없이 조용하던 바텐더가 슬쩍 명함을 건넨다. 또 오겠다는 기약 없는 약속을 두고 나와 뒷면을 보니 오늘 내가 마신 술의 이름이 멋진 글씨로 적혀 있다. 뒤통수를 세게 얻어맞은 기분이다. 구석에서 뭔가 끄적거린다고 생각했는데 이런 것이었을 줄이야. 좋은 밤이었다.

위스키 사워를 본격적으로 마시기 시작한 건
브래드 피트
레오나르도 디카프리오
닮지 않아 죄송 ...
영화 《원스어폰 어 타임 인 할리우드》에서
레오나르도 디카프리오가
위스키 사워를 8잔이나 쳐 마시고 !!!
-라며 자책하는 장면을 본 이후입니다.
몹시 고무되어 8잔 챌린지를 해봤지만 4잔 정도가 한계였습니다. 과음은 좋지 않습니다. 네.

조기 퇴근과 하이네켄

“그럼 미팅 시간은 언제가 괜찮으실까요? 저는 오전 오후 다 괜찮습니다.”

전화기 너머로 거래처 담당자가 말했다. 보자. 만나기로 한 것은 금요일. 이 담당자는 우리 회사에서 가까운 곳에 살고 있다고 했지. 내가 오전과 오후를 고민하는 찰나의 시간 사이, 어쩐지 수화기 너머로 묘한 긴장감이 느껴진다. 나만의 착각일까?

“4시쯤 볼까요? 사무실 도착하시면 연락 주세요.”

“아, 네. 알겠습니다. 그럼 금요일 오후 4시에 찾아뵙겠습니다. 감사합니다!”

약속 시간이 오후 4시가 되는 순간, 어쩐지 안도의 한숨이 들리는 듯했다. 이 사람의 의중을 정확히 파악했군. 뿌듯한 기분이 든다. 금요일의 약속을 오후 4시로 잡는 건, 상대방의 눈에 띄지 않는 사려 깊은 배려다. 개인적으로는 세련된 직장인의 행동 양식으로 널리 알리고 싶은 심정이다. 혹시 아직도 눈치채지 못한 건 아니시겠죠? 오후 4시에 미팅을 하게 되면 미팅 끝나고 회사로 돌아가긴 애매해서 바로 퇴근할 수 있잖아요. 게다가 그게 금요일이라면 남들보다 일찍 주말을 맞이하는 기분이 들어 특히 기분이 좋을 것이다. 만약 만나기로 한 것이 월요일이었다면 오전 10시쯤이 좋다. 그러면 이른 시간의 외근을 핑계로 약간 늦게 출근하는 호사를 누릴 수 있을 테니.

상대방이 눈치채지도 못할 만한 배려를 은연중에 하는 것은 직장 생활 초년생 시절 총무 부서에 있을 때 배웠던 일련의 의전 규칙 때문이다. 이를테면 에스컬레이터를 탈 때는 올라가는 방향이면 의전 대상보다 뒤에, 내려가는 방향이라면 앞에 타는 것이 원칙이다. 그래야 불의의 상황이 발생했을 때 내가 밑에서 상대방을 받아주어 크게 다치는 것을 방지할 수 있다. 그렇다고 이걸 지키겠다고 에스컬레이터로 호다닥 달려가거나 한참 앞장선 위치에서 기다리고 있거나 하면 의전의 격이 떨어진다. 평소 걸을 때부터 자연스러운 위치를 미리 선정하는 것이 중요하다.

개인적으로 의전에서 중요하게 여기는 요소는 합리적인 이유가 있는지 여부와 상대방이 눈치채지 못할 정도의 자연스러움이다. 단순히 상대방의 비위를 맞추기 위한 의전은 되도록 최소화한다. 상대방이 의전을 받고 있는지를 의식하지 못할 정도로 자연스러움에 신경을 쓰면 비위가 상할 일은 절로 없어지기 마련이다.

"네, 그럼 그 건 선적은 이번 달 중으로 꼭 끝내주시고요. 요청하신 자료는 다음 주 수요일까지 정리해서 드리겠습니다."

"네, 알겠습니다. 수요일까지 꼭 부탁드립니다."

미팅을 마치고 짐을 정리하는 담당자에게 물었다.

“고생하셨습니다. 이제 어디로 가세요?”

“아, 바로 퇴근하고 여자 친구와 같이 맥주 한잔하러 가려고요.”

멋쩍지만 숨길 수 없는 함박웃음. 그것 보라니까. 훌륭하다 이 과장. 아주 완벽하게 해냈어. 그나저나 조금 이른 금요일의 맥주라니, 정말 부럽네.

맥주 중의 으뜸은 단연 하이네켄(*Heineken*)이다. 하이네켄의 역사는 그 자체로 혁신의 역사다. *1864*년, 하이네켄의 설립자 제라드 하이네켄(*Gerard Heineken*)은 당시 횡행하던 저품질 진의 대항마로써 ‘교양 있는 지식인을 위한 술’, 하이네켄 맥주를 개발했다. 그는 효모, 냉각 시설 등에 공격적으로 투자하여 지금의 하이네켄 맛을 완성시켰다. 그의 아들 헨리 하이네켄(*Henry Heineken*)은 아버지의 맥주를 전 세계로 퍼트렸다. *1931*년 인도네시아에 최초의 해외 양조장을 설립하여 빈땅(*Bintang*)을 만들고, 이듬해에는 말레이시아에 맥주 공장을 설립해 타이거(*Tiger*) 맥주를 출시한다. 또한 금주령이 풀린 미국에 가장 먼저 진출하여 고품질 맥주로서 시장에서의 위상을 공고히 했다. *3*대 사장인 알프레드 하이네켄(*Alfred Heineken*)은 처음으로 광고와 브랜드 마케팅을 시도하여,

술집에서 맥주를 마시던 시대에서 식료품점에서 맥주를 쇼핑하는 시대로의 변혁을 이끌어냈다. 현재 하이네켄은 4대째에 이르렀다. 3대 알프레드 하이네켄의 딸 샤를렌 드 카발로-하이네켄(*Charlene de Carvalho-Heineken*)이 그 주인공인데, 샤를렌은 전문경영인을 CEO로 고용하고 본인은 뒤에서 지원을 하는 역할을 맡고 있다. 그녀는 어린 시절부터 어느 카페나 펍에 가도 본인의 이름이 내걸려 있는 것이 싫었다고 한다. 그래서일까, 하이네켄의 최근 행보는 여러모로 흥미롭다. 다양한 스포츠나 문화공연에 후원사로 참여하면서 음주보다는 즐거움에 초점을 맞춘 마케팅을 펼치고 있다. F1 챔피언의 사진을 내건 '음주 운전 근절 캠페인'이나 책임감 있는 음주 문화를 위한 'Enjoy Heineken responsibly 캠페인' 등은 다른 주류 회사와 결을 달리하는 부분이 있다.

일탈이 주는 배덕감에는 맡은 바 책무를 소홀히 하지 않겠다는 책임감이 확실히 필요하다. 그래서 난 언제나, 맥주는 하이네켄이다.

하이네켄 생맥주를 집에서 완벽하게 즐기는 방법

하이네켄은 마트에서 5L 케그를 판매하는 덕분에 집에서도 술집과 같은 생맥주를 즐길 수 있다. 하이네켄은 생맥주 품질관리의 일환으로 '하이네켄 스타서브'라는 교육 프로그램을 운영하고 있다. 이 프로그램을 총괄 책임지고 있는 '글로벌 드래프트 마스터' 프랭크 에버스*(Franck Evers)*에 따르면 생맥주에서 가장 중요한 것은 비어 헤드*(Beer head)*라고 부르는 맥주 위에 얹어지는 거품이다. 이 거품이 맥주와 공기의 접촉을 차단하여 신선함을 유지시켜 준다. 이상적인 하이네켄 생맥주를 따르는 법은 아래와 같다.

I. 우선 깨끗하고 차가운 잔을 준비한다.

II. 45도로 기울인 잔에 빠르게 맥주를 채운다. 따르는 속도가 느리면 그만큼 이산화탄소가 빠져나가 김빠진 맥주가 될 수 있다. 잔이 거의 가득 찰 때쯤 잔을 직각으로 세운다.

III. 거품이 넘치기 직전에 따르기를 멈추고 스키머*(Skimmer, 맥주 거품을 훑어 제거하는 도구)*나 나이프를 이용해서 올라오는 거품을 수평으로 훑어 제거한다.

IV. 다 따른 맥주의 거품이 하이네켄 전용 잔의 별 모양 로고에 걸쳐 있으면 완벽한 하이네켄 생맥주의 완성이다.

기념사진과
조니워커 그린

비행기 타는 걸 좋아한다. 상사에 입사한 것도 비행기를 자주 타고 싶었던 게 주된 이유다. 이 나라 저 나라를 종횡무진 누비며 세계를 상대로 비즈니스를 펼치는 양복 차림의 남자가 되고 싶었다. 영화 <인 디 에어>의 조지 클루니(*George Clooney*)를 보며 한 생각이다. 막상 겪어보니 상사 맨의 출장이란 여기저기 공장과 농장을 양복과 구두 차림으로 다니는 일이더라. 어딜 가나 약간 겉도는 이질적인 모습을 하고 이편과 저편을 연결하여 일이 매끄럽게 굴러가도록 돕는 일. 그게 상사가 하는 일이다.

해외 출장에서 기념사진을 찍을 때는 언제나 위스키를 외치며 사진을 찍는다. 사진을 찍는 순간은 대체로 술자리로 이동하기 직전. 모두가 함께 위스키를 외치며 웃음 짓게 만드는 건, 즐거운 회식에 대한 기대감을 불어넣는 나만의 전략이다. 보기보다 효과가 좋다. 지금 한번 시도해 보시라. "위스키-!" 하며 웃음을 지으면 이내 입에 침이 고이고 달콤한 위스키 향기가 코끝을 간질이는 기분이 들어 당장이라도 위스키 한잔을 들이켜고 싶은 충동에 사로잡힌다.

위스키는 행복의 언어다. 불과 시간이 빚어낸 마법의 액체를 마시면 누구나 광대가 솟는 것을 막을 수 없다. 단 하나의 위스키를 선택하라 한다면 조니워커 그린 라벨이다. 조니워커 그린 라벨은 수많은 조니워커의 라인업 중에서도 이질적인 존재다. 15년 이상 숙성된 몰트위스키(*Malt Whisky*)만을 블렌딩한 블렌디드 몰트위스키로, 탈리스커(*Talisker*), 링크우드(*Linkwood*), 크래건모어(*Cragganmore*), 쿨일라(*Caol Ila*) 네 개의 키 몰트를 사용했다. 그 자체로 완성도가 높은 몰트 4종을 조니워커만의 최상의 밸런스로 조합해 냈는데, 15년 숙성이면서 가격은 놀랄 정도로 저렴하다(*처음 샀을 때는 3만 원대였다*).

탈리스커, 쿨일라의 강한 개성과 크래건모어와 링크우드가 가진 스페이사이드(*Speyside*) 특유의 화사함이 적절한 조화를 이루는 우아한 복합미가 매력적이다. 니트, 온더록, 하이볼, 트와이스업 등 마시는 방법과 상관없이 즐겁다. 사진을 찍을 때 "위스키~!"를 외치자는 제안을 단호하게 거절당한 적이 딱 한 번 있다. 이탈리아의 건초 업체를 방문했을 때이다.

"미스터 리! 우리는 위스키 같은 거 안 마셔. 다 같이 치즈를 외치자고." 역시 이탈리아. 치즈에 대한 남다른 자부심인가 싶다. 확실히 그날의 회식 자리에서 먹었던 치즈 플레이트는 잊을 수 없는 맛이었지. 치즈 안주에 위스키 한잔하면 딱인데. 다음엔 위스키 싫다고 해도 한 잔 권해봐야겠다.

조니워커의 로고 '스트라이딩 맨'(걸어가는 신사)은
1908년에 만화가 톰 브라운이
점심 식사 중에 냅킨에 그린 그림에서
탄생했다고 합니다.

유독 서구권에는 위대한 발명이나 창작이
냅킨 위의 낙서에서 시작됐다는 신화(?)가
많은데요. 그때마다 '그 냅킨은 얼마나 질기길래……'
하는 생각이 들어버립니다.

참. 원래 왼쪽으로 걸어가던 스트라이딩 맨은
2000년부터 오른쪽을 향해 걷습니다.
미래지향적인 느낌을 주기 위해서라고 합니다.

트로피컬 매직,
싱가포르 슬링

ESTP 1769

해외 출장을 다녀올 때면 항상 공항에서 팀원들을 위한 주전부리를 사 온다. 출장이 잦을 때는 굳이 이렇게 해야 하나 싶은 기분이 들 때도 있지만 어쩐지 습관을 버릴 수 없다. 나의 첫 사수는 이걸 왜 하는지 아느냐 물었다. 내가 듣자마자 "자리를 비운 동안 업무 공백을 메워 준 동료들에 대한 감사 표시요?"라고 답했더니 예상외로 즉각 튀어나온 정답이 당황스러웠는지 다소 머쓱해했다. 그러고는 "어, 뭐 정석대로는 그런 의미이긴 한데, 그냥 빈손으로 가는 거보다 주전부리 하나 있으면 한동안은 다 같이 즐겁게 나눠 먹을 수 있잖아."라고 덧붙였다. 과연 맞는 말이야. 달콤한 과자는 사람을 부드럽게 만들지. 항상 부대끼며 함께 일해야 하는 팀원들끼리 언제나 좋을 수만은 없는 법. 그럴 때 이 과자가 약간의 윤활유가 된다면 더할 나위 없는 일 아닌가.

그로부터 나는 출장을 갔다 올 때면 항상 팀원들과 나눠 먹을 간식을 사 오는 것이 습관이 되었다. 팀원들 것만 살 수는 없어서 부모님 것도 한 상자, 얼마 전 도움을 받은 다른 팀의 김 대리님한테 줄 작은 과자도 하나. 이렇게 이것저것 담다 보면 제법 묵직한 면세점 봉투를 들고 오게 된다. 과자는 가급적이면 지역의 특산품을 고른다. 특산품이 과자가 아닐 때는 조금 곤혹스럽다. 싱가포르처럼.

싱가포르하면 역시 카야잼, 그리고 싱가포르 슬링*(Singapore Sling)*이다. 싱가포르 슬링은 *1915*년, 싱가포르의 가장 유서 깊은 호텔인 래플스 호텔의 롱 바에서 탄생했다. 당시 싱가포르에서는 여성이 공공장소에서 술을 마셔서는 안 된다는 관습이 있었다. 이런 여성들이 몰래 음주할 수 있도록 롱 바의 응이암통분*(Ngiam Tong Boon)* 바텐더가 고안한 칵테일이 싱가포르 슬링이다. 남국의 여름을 연상케 하는 달콤한 과실의 맛과 향이 매력적인 이 술은 곧 성별과 무관하게 모두가 원하는 술이 되었다.

싱가포르 슬링의 오리지널 레시피는 창시자인 응이암통분이 사망하며 소실되었다. 현재 전해지는 레시피는 응이암통분 사후 그의 조카가 래플스 호텔의 바 부문 책임자가 되어 개발한 것이다. 래플스 호텔이 공인한 싱가포르 슬링의 레시피는 진, 퀴라소 리큐어, 베네딕틴, 체리 리큐어, 파인애플주스, 라임주스, 그레나딘 시럽, 앙고스투라 비터까지 무려 *8*개의 재료를 셰이킹 해서 만들어야 한다.

이 '래플스 레시피'는 너무 복잡해서 다른 바에서는 쉽게 주문하기가 어렵다. 때문에 싱가포르에 출장을 갈 때면 반드시 롱 바를 찾는다. 높은 층고에 캐주얼한 편안함이 돋보이는 아름다운 공간이다. 자박자박 발에 밟히는 땅콩 껍질이 정겹다. 올드팝을 연주하는 밴드의 노랫

소리까지 곁들이면 이미 출장을 벗어나 여행을 온 기분이 든다. 싱가포르 슬링을 주문할 때 눈치 볼 필요도 없다. 싱가포르 슬링의 발상지에서 싱가포르 슬링을 마시지 않으면 뭘 마시겠어. 믈라카해협의 석양을 표현했다는 은은한 핑크빛이 감도는 붉은색이 무척 아름답다. 너도나도 아름다운 석양을 손에 들고 분위기에 취한다. 바에서 트로피컬 칵테일을 시키는 건 좀 쑥스러운 느낌이었는데 싱가포르 슬링은 어쩐지 마음의 부담이 없다. 이런 게 트로피컬 매직인가.

名門の粋

검은 돌멩이와 마왕

혼자 술을 마실 때는 안주도 필요 없다. 잔 하나를 마주하고 조용히 나와 마주하면 그걸로 족하다. 여럿이 모인 술자리는 모인 인원만큼 잔이며 그릇을 늘어놓고 왁자지껄 요란하게 떠드는 것이 제맛이다. 그럼 둘일 때는…?

회사에서 술 좋아하는 사람으로 소문나서 좋을 일은 없다. 회식 자리에서는 되도록 남들보다 한 템포 늦게 술을 마신다. 강권하는 술잔을 피하기 위한 내 나름의 위장술이다. 이따금 "이 과장, 술을 마시기는 해?" 같은 질문도 받았다. 여기까지 가버린 건 약간의 실수. 술이 센지 약한지 알 수 없지만 적당히 자리는 지키는 사람이 내가 원한 포지셔닝이다.

사내 프로젝트팀에 참여하며 순조롭던 위장 생활이 끝났다. 신사업 개발의 일환으로 꾸려진 팀으로, 한국술 투자를 검토하는 업무를 진행했는데, 참지 못하고 그만 팀에 자원을 해버렸다. 양조장 운영과 관련한 자문을 받으려 당시 잡지에서 본 젊은 양조장 사장님에게 무턱대고 연락했다. 예상외로 흔쾌히 만나주어서 여러모로 도움을 받았다. 한여름에 슬리퍼 차림으로 풀 정장 샐러리맨 셋을 맞이한 것은 적잖이 당황스러워 보이기는 했지만.

내부적인 사정으로 팀은 성과 없이 종료되고 몇 달 뒤, 양조장 사장님에게서 갑작스런 연락이 왔다.

"갑자기 죄송한데 혹시 오늘 시간 괜찮으시면 술 한 잔 하실래요?"

외근 나갔다 조금 이른 퇴근을 한 날이어서 집에서 푹 쉬고 싶었다. 하지만 신세 진 것이 있으니 갑작스런 호출이라고 거절하기는 조금 염치없다. 게다가 어쩐지 뭔가 힘든 일이 있어서 부른 것 같다. 근데 단둘이 보는 건가? 약속한 장소에 도착해 보니 사장님은 어쩐지 기운이 없는 모습이었다. 맥주 한 잔을 놓고 얘기를 들어보니 공동대표에게 문제가 많아 회사를 나오게 되었다고. 앞으로 무엇을 하게 될지는 잘 모르겠다고 했다. 많이 힘들어 보였다. 음, 뭔가 기운을 북돋아 줄 술을 한잔 사고 싶은데.

고구마소주 마오(魔王, 마왕)는 일본 고구마소주 중 3대 명주(무라오, 모리이조, 마오. 셋을 합쳐 3M으로 통칭)로 손꼽히는 술 중 하나다. 고구마소주답지 않은 프루티함과 투명하고 상쾌한 목 넘김이 아주 좋다. 이 술을 마시면 복잡한 생각들이 제자리를 찾아 머릿속이 명징하게 정리되는 기분이 든다. 사려 깊은 바텐더가 된 기분으로 술을 권했다.

"드셔보세요. 지금 필요한 술일지도 몰라요."

"신기하네요. 아주 차갑고 검은 돌멩이를 입에 머금은 것 같아요. 표면이 매끈하고 얇은데 단단한 짱돌."

술을 만드는 사람이라 그런지 표현도 참 남다르다.

액체를 마시고 단단한 고체를 떠올리다니. 새로운 표현법을 배웠다.

“지도의 가려져 있던 영역이 밝아진 느낌이 들어요. 고구마로 이런 술을 만들 수 있군요.”

그날의 술자리가 용기가 되었던지 곧 사장님은 새로운 술을 만들기 시작했다. 훗날 그 사장님은 내 아내가 되었다. 요즘도 아내가 생각이 많아 머리가 복잡해 보일 때면 나는 마왕을 한잔 권한다.

제3부서

총무팀

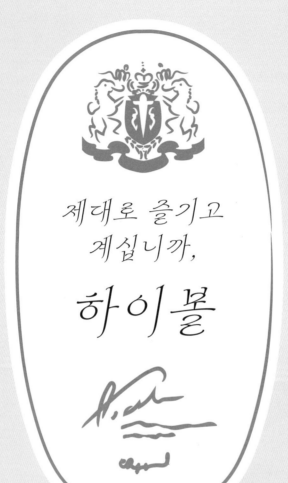

하이볼, 좋아하십니까? 저는 참 좋아합니다. 너무 좋아하다 보니 하이볼을 대할 때만큼은 약간 근본주의자가 되어버립니다. 술을 마실 때는 '자유분방하게'가 제 신조인데도 말이죠. 하이볼이 대체 뭐길래 이것도 하이볼, 저것도 하이볼이라고 하는 걸까. 애당초 하이볼은 왜 하이볼인 것일까. 하이볼 근본주의자답게 그럴싸한 이야깃거리를 적당히 버무려 장황하게 설명을 늘어놓고 싶지만 애석하게도 하이볼에는 그런 게 없다.

"얼음을 채운 잔에 술과 탄산수를 넣은 것. 우리는 그걸 하이볼이라 부르기로 했어요."

하이볼의 유래를 찾다 보면 다다르는 결론이다. 술꾼 선배님들, 이런 용어는 그럴싸한 유래와 역사를 정해서 널리 알려주셨어야죠. 이게 뭡니까, 하고 누군가를 타박하고 싶은 심정이다. 뭐, 그 옛날에는 술에 탄산수를 타 먹는 레시피가 이렇게까지 세계적인 인기를 끌게 될 거라고는 아무도 몰랐겠지.

하이볼의 유래와 관련한 여러 이야기 중 개인적으로 가장 좋아하는 이야기는 이거다. 골프장에서 높이 뜬 공을 보며 위스키에 탄산수를 타 먹던 사람이 "하이볼-!" 하고 외친 것이 시초라는 설이다. 작은 공이 뚜렷이 보일

만큼 구름 한 점 없이 상쾌하게 갠 하늘의 청량감. 높이 떠오른 공의 고양감. 푸른 잔디밭 위에서 아끼는 이들과 모여 술잔을 나누는 해방감. 이 이야기에는 하이볼이 가진 모든 미덕이 담겨 있다.

하이볼은 '탄산수'가 들어가야 한다. 탄산수가 아닌 토닉워터가 들어간 것은 위스키 토닉*(Whisky Tonic)*이다. 하이볼 근본주의자인지라 이것만큼은 양보할 수 없다. 짜릿한 탄산의 청량감, 쌉싸름한 첫맛에 은은하게 달콤함이 이어지는 위스키의 풍미, 코끝을 맴도는 레몬의 산뜻한 산미. 특히나 퇴근주 하이볼은 언제나 최고다.

여기에 한 번 배우면 두고두고 써먹을 수 있는 하이볼 제조 비법을 소개한다. 업계 비밀 천기누설!

하이볼을 맛있게 마시는 방법

I. 잔에 얼음을 채운다.
II. 적당량의 위스키를 넣는다.
III. 탄산수를 적당량 넣는다.
IV. 취향에 따라 레몬을 짜 넣거나 레몬 필을 넣는다.

죄다 적당량이라고 하니 오해가 있을 것 같은데 디

테일이 중요하다. 디테일은 본질을 이해하는 데에서 나온다. 위스키와 탄산수의 비율이 맛있는 하이볼의 비밀이라 오해하는 사람들이 많다. 사실은 온도가 가장 중요하다. 잔과 술과 탄산수의 온도가 모두 낮은 상태로 오래 유지가 된다면 오래도록 맛있는 하이볼을 즐길 수 있다. 그래서 중요한 첫 번째 디테일, 잔은 미리 얼려두자. 혹시 얼려둔 잔이 없다면 얼음을 잔에 넣고 머들러(*재료를 으깨거나 휘젓는 막대*)로 몇 번 돌려서 잔의 온도를 충분히 내려주자. 이때 얼음은 웬만하면 잘 녹지 않는 돌얼음을 사서 쓰고, 얼음이 녹은 물은 위스키를 넣기 전에 버려준다.

두 번째 디테일, 위스키는 무엇을 쓰든 상관이 없다. 다만 자주 하이볼로 만들어 먹는 위스키가 있다면, 평소에는 냉동실에 보관하는 게 좋다. 위스키의 빙점은 약 -31~-44.5℃로 가정용 냉장고의 냉동실 온도는 기껏해야 -20℃를 넘지 않으므로 절대 술이 얼어버릴 일은 없다. 대신 이 온도로 보관된 위스키는 상온에 있을 때보다 약간의 점성이 생겨 진득하게 혀 위를 구른다. 얼음이 녹아 물에 희석되기까지의 시간이 지연되므로 오래도록 맛있는 하이볼을 즐기기에도 제격이다.

세 번째 디테일, 탄산수를 넣을 때는 최대한 얼음과 닿지 않게 위스키에 직접 천천히 따라 넣어야 한다. 이렇게 함으로써 약간이나마 위스키와 탄산수의 교반이 일어

나고 탄산이 더 오래 유지된다. 얼음에 직접 닿으면 그만큼 거품이 많이 일어나고 당연히 김빠진 하이볼이 될 수밖에 없다.

레몬은 넣어도 그만, 안 넣어도 그만이다. 레몬의 상큼한 맛이 좋다면 짜서 넣으면 되고 향만 즐기고 싶다면 짜지 않은 채로 넣거나 레몬 껍질을 얇게 썰어 제스트 형태로 뿌리면 된다. 둘 다 넣지 않는다면 위스키 본연의 향과 맛을 상쾌하고 은은하게 즐길 수 있다.

마시기 전에 마지막으로 머들러를 사용해서 얼음을 살짝만 들었다가 내려주면 완벽한 하이볼이 완성된다. 위스키와 탄산수의 비율이요? 그거야말로 완전히 취향에 따라 다르다. 가장 보편적으로 알려진 비율은 *1:3* 혹은 *1:4*이지만, 그 틈새의 미세한 차이는 직접 마시면서 찾아보길 바란다. 그럼, 상쾌한 하이볼 한잔 마시면서 퇴근의 맛을 만끽하시길.

얼음 없이 하이볼을 맛있게 마시는 방법

하이볼, 참 좋아하는데 집에서 만들어 먹을 때 매번 얼음 넣기가 너무 번거롭다는 분을 위해 공개하는 얼음 없는 하이볼 비법 레시피.

준비물: 꽝꽝 얼린 위스키*(중요)*, 초정탄산수 캔 *190*mL *(권장)*, 레몬 슬라이스*(선택)*

I. 만드는 법은 아주 간단하다. 위스키 *70*mL를 잔에 따르고, 캔에 든 탄산수를 콸콸콸 쏟아 넣으면 끝이다.

II. 레몬 슬라이스나 레몬 필은 취향에 따라 넣어도 그만, 넣지 않아도 그만이다.

III. 온도는 하이볼의 가장 중요한 요소다. 평소 하이볼을 즐기는 편이라면, 위스키 보관은 꼭 냉동실에 하기를 추천한다. 특정 탄산수를 지정한 이유는 정확히 *190*mL 용량이 필요하기 때문이다. 캔에 든 탄산수를 콸콸 쏟아 넣어 자연스럽게 술과 탄산수가 섞이도록 하는 것이 포인트!

반팔 셔츠와 얼음

화이트와인

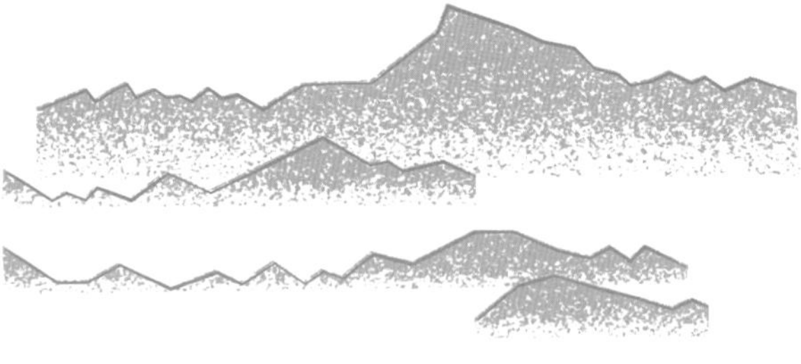

Sauvignon Blanc

멋에 대해서는 제법 신경을 쓰는 편이다. “의외네요?”라고 한다면 약간은 상처받을지도 모르겠습니다. 옛날만큼은 아니지만 정장을 입을 일이 생기면 최소한의 복식을 지키려고 의식한다. 구두와 벨트 색의 매치, 지나치게 뽐내지 않는 양말과 넥타이 정도. 절대로 용납할 수 없는 것이 있다면 반팔 와이셔츠다. 이렇게 강한 주장을 하는 것은 좋지 않다는 걸 안다. 그럼에도 대나무 숲이 있다면 큰 소리로 외치고 싶다.

“반팔 와이셔츠는!!! 정장에!!! 입지 맙시다!!!”

와이셔츠를 입는다는 것은 서양의 포멀한 복식을 갖추겠다는 뜻이다. 그런 맥락에서 반팔 와이셔츠는 마치 민소매 한복 저고리 같은 위화감이 느껴진다. 와이셔츠는 재킷과 꼭 함께 입는 것이 기본이므로 반팔 셔츠를 입었을 때 팔의 맨살이 재킷 안감과 닿는 답답함이 싫다. 재킷을 입었을 때 겉옷 소매 끝에 살짝 빠져나오는 셔츠의 소매 깃이 주는 매력적인 느낌이 반팔 와이셔츠에는 없다. 그냥 매력이 없는 것도 아니고 소매 끝이 팔뚝 언저리에서 말려 올라가 부자연스럽게 구겨진 형태로 갇혀버린다. 필사의 매력 포인트가 그렇게 쭈글쭈글하게 갇혀있는 모습은 정말이지 견디기 힘들다. 단순하게 말하면 반팔 와이셔츠는 정장과 합목적성을 이루지 못한다고 할 수도 있겠다. 그러나 본질에서 벗어났을 때 그 뒤로 더 발전된 무언가가 나온다는 걸 생각하면 그것이 바로 오, 정반합(正反合).

와인은 유독 마실 때의 에티켓을 평가하는 시선이 존재하는 음료다. 소주의 대척점에서 문화를 즐기는 음료로 자리를 잡은 탓인지, 와인 잔만 마주하면 짐짓 긴장하는 이가 많다. 소주는 시원하게 한입에 털어 넣기 바쁜 우리 팀장님도 와인 잔을 들면 은은한 눈빛으로 잔을 스월링(*Swirling*, 와인 잔에 따른 와인을 천천히 돌리며 공기와 접촉시키는 행위)하느라 바쁘다. 마실 때는 마치 약속이라도 한 듯 입술을 오므리고 호로로록 입 안에서 술을 굴린다. 교양 있게 술을 마시는 것에 반대할 생각은 없다. 다만 역시 나는 어찌할 수 없는 반골 기질과 자유로운 음주문화를 추구하는 사상의 소유자라, 저런 방식이 조금 낯간지럽다.

내가 좋아하는 와인 음용법은 그냥 아무 컵에나 따라 마시는 것이다. 특히 화이트와인(*White Wine*)이라면 얼음 컵에 콸콸 부어 주스처럼 꿀꺽꿀꺽 마시길 좋아한다. 얼음 잔에 따라 마시는 산미 쨍한 화이트와인만 있다면 아무리 무더운 여름도 두렵지 않다. 이 방법을 알려준 것은 내가 가장 사랑하는 바, 을지로 <에이스포클럽>의 권민석 사장님이다. 사장님은 유라시아 대륙의 동쪽 끝 러시아 블라디보스토크에서 서쪽 끝 포르투갈 호카곶까지 무려 *25,000*km를 *565*일간 자전거로 여행한 기록을 사진집으로 담아냈다.

내가 아는 가장 자유로운 사람이 알려준 이 자유분방한 와인 음용법은 나에게 술을 마시는 즐거움의 새 지평을 열어주었다. 이렇게 마시면 조금 실망스러운 와인도 언제나 즐겁게 마실 수 있다. 말하다 보니 반팔 와이셔츠 좀 입으면 어떤가 싶다. 얼음 컵에 마시는 화이트와인도 이렇게나 맛있는걸.

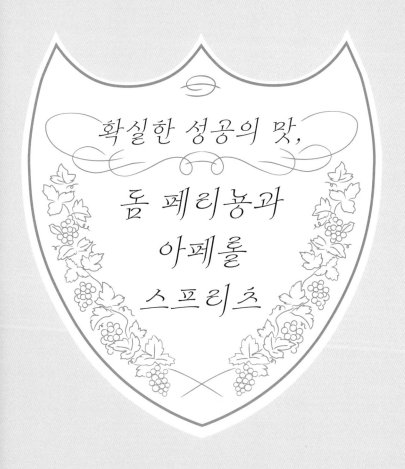

확실한 성공의 맛,
돔 페리뇽과
아페롤
스프리츠

어린 시절을 일본에서 보낸 덕에 일본의 서브컬처에 대해서는 제법 잘 아는 편이다. 돌려서 말하려고 애썼지만 쉽게 말하면 덕후 기질이 조금 있다는 얘기입니다. 돔 페리뇽(*Dom Pérignon*)이 샴페인이라는 사실은 다들 아시죠? 나는 어린 시절 보던 만화책을 통해 이 술에 대해 처음으로 알게 되었다. 『은혼』이라고 아실는지. 돔 페리뇽에 돔 페리뇽을 탄 칵테일이라든가 로마네 콩티(*Romanée-Conti*)에 돔 페리뇽을 탄 칵테일이라든가를 보면서 깔깔 웃던 기억이 있다. 어렴풋이 언젠가 그런 짓을 할 정도로 성공하고 싶다는 욕망을 품었던 것 같기도 하다.

돔 페리뇽을 고급 샴페인의 대명사라고 생각하고 글을 쓰기 시작했는데 막상 인터넷을 찾아보니 "적당한 값에 살 수 있는 중에서는 꽤 고급"이란다. 한 병에 20만 원이 넘는데 '적당한 값'이라니 샴페인 세계의 금전 감각은 나와는 맞지 않는 것 같다. 일본에서 돔 페리뇽은 버블 경제의 상징물 중 하나다. 거품으로 흥청망청하던 시절, 멋도 맛도 모르는 졸부의 모습을 풍자하기 위한 용도로 많이 등장하는 술이라 최고급보다는 천박한 이미지의 술이라는 인터넷 선생님의 평. 나로서는 그다지 공감이 가는 이야기는 아니다.

돈을 벌고 처음으로 향유하고 싶은 고급문화의 출발점. 이것이 돔 페리뇽이 가진 명품으로서의 지위라면 정말 매력적이지 않나. 별다른 교육이 없어도 직관적으로 알 수 있는 고급스러움은 따라 할래야 따라 할 수 있는 일이 아니다. 누군가에게는 그 한잔이 무엇과도 바꿀 수 없는 트로피이자 위안일 수도 있다.

저로 말할 것 같으면 돔 페리뇽은 딱 한 번 얻어 마셔본 적이 있습니다. 뭔가 대단한 축하 자리였고, 그때는 이미 만취여서 맛은 기억이 잘 나지 않지만 돔 페리뇽을 한잔 마셨다는 사실에 그저 기분이 참 좋았던 기억은 분명히 난다. 그건 그냥 뽀글뽀글한 탄산이 주는 즐거움이었을까.

그 기억을 떠올리며 오늘의 퇴근주는 마트에서 구해 온 저렴한 스파클링와인*(Sparkling Wine)*이다. 세상이 좋아진 건지, 그만큼 한국 사람들의 와인 소비량이 늘어난 건지, 만 원 이하의 저렴한 스파클링와인을 종종 발견한다. 가볍게 마실 때 좋아서 발견하면 보통 바로 구매하는 편인데 항상 성공적이지는 않다. 아니, 만 원 이하는 대체로 좀 실패한다. 이렇게 뭔가 아쉬울 때는 아페롤 스프리츠*(Aperol Spritz)*를 만들어 마시면 딱이다. 아페롤 스프리츠는 이탈리아의 가장 대중적인 식전주 칵테일이다. 커다란 와인 잔에 주황색 빛깔이 영롱한 어른의 환타를 한 잔 마시면, 언제 어디서나 지중해의 느긋한 여유를 느낄 수 있다. 만드는 법은 간단하다. 큼직한 와인 잔에 얼음을 채우고 스파클링와인을 콸콸콸, 아페롤도 콸콸콸, 탄산수는 조금 적게 콸콸 넣고 오렌지나 레몬 슬라이스 한 장을 잘라 넣으면 언제 마셔도 최고로 행복한 아페롤 스프리츠의 완성. 나에겐 돔 페리뇽보다 이게 더 확실한 성공의 맛이다. 성공이 행복이 아니라 행복이 성공이니까.

마침 저기서 아내가 "아페롤 스프리츠 한 잔 더!"를 외치고 있네요. 행복이 이런 거죠, 뭐.

여담으로, 스프리츠는 독일어 슈프리첸(*Spritzen*)에서 유래한 단어로, 와인을 주문할 때 탄산수로 조금 희석해 달라는 용어에서 비롯되었다. 후에 단맛이 나는 리큐어를 첨가하는 것이 유행하며 지금의 형태로 자리 잡았다. 말하자면 유럽판 소맥이라고도 할 수 있다. 석양을 닮은 붉은빛과 청량함 덕에 아페롤 스프리츠는 여름을 대표하는 칵테일이다. 이탈리아 베니스에서는 여름이면 하루 30만 잔 이상의 아페롤 스프리츠가 팔린다고 한다. 하긴, 나도 베니스에 갔을 때 종일 손에서 아페롤 스프리츠를 놓은 적이 없었으니 그 정도는 팔리고도 남겠다 싶다.

이탈리아의 맛. 아페롤과 캄파리

아페롤*(Apperol)*과 캄파리*(Campari)*는 이탈리아를 대표하는 두 가지 식전주*(Aperitivo, 아페리티보)*용 리큐어다. 식사하기 전에 마시기 위한 술 답게 약초에서 유래한 씁쓸한 맛이 큰 특징이다. 쓴맛이 위액과 침을 돌게 만들기 때문이다. 아페롤과 캄파리 모두 붉은색의 리큐어로 닮은 구석이 많아 보이지만 막상 맛을 보면 제법 다르다.

캄파리는 1860년 이탈리아 밀라노에서 바텐더로 일하던 가스파레 캄파리*(Gaspare Campari)*가 개발했다. 비터오렌지, 고수 등 60여 종의 허브와 향신료를 바탕으로 만드는 리큐어로, 특유의 강렬한 쓴맛이 특징이다. 도수는 약 25도로, 스트레이트로 먹기에는 다소 부담스럽지만 다른 것을 섞어 특징적인 쓴맛을 조금 중화시켜 주면 마시기가 제법 편안해진다. 대표적으로는 오렌지주스와 섞은 캄파리 앤 오렌지, 탄산수와 섞은 캄파리 소다, 자몽주스와 탄산수를 넣은 스푸모니*(Spumoni)* 등이 있다. 강렬한 맛을 즐기고 싶은 날에는 진과 섞은 네그로니*(Negroni)*나 버번위스키와 섞은 불바디에*(Boulevardier)*를 주문한다.

아페롤은 1919년에 바르비에리*(Barbieri)* 형제가 처음으로 만든 리큐어다. 시장에서 팔다 남은 오렌지를 포대에 넣은 채로 두었더니 자연 발효를 해서 굉장히 맛있는 술이 되었다는 믿거나 말거나의 탄생 비화가 있다. 알코올 도수는 11도로 캄파리보다 쓴맛도 적고 도수도 낮은데, 너무 달아서 스트레이트로 마시기에는 이쪽도 제법 부담스럽기는 마찬가지다. 아페롤을 사용한 칵테일도 여러 가지가 있다. 캄파리처럼 오렌지주스와 섞거나 스푸모니를 만들어도 좋지만 역시 아페롤은 아페롤 스프리츠로 마시는 것이 제일이다. 보다 특별한 아페롤 스프리츠를 즐기고 싶다면 오렌지 비터를 한두 방울 넣어주면 한층 복합적인 풍미를 느낄 수 있다.

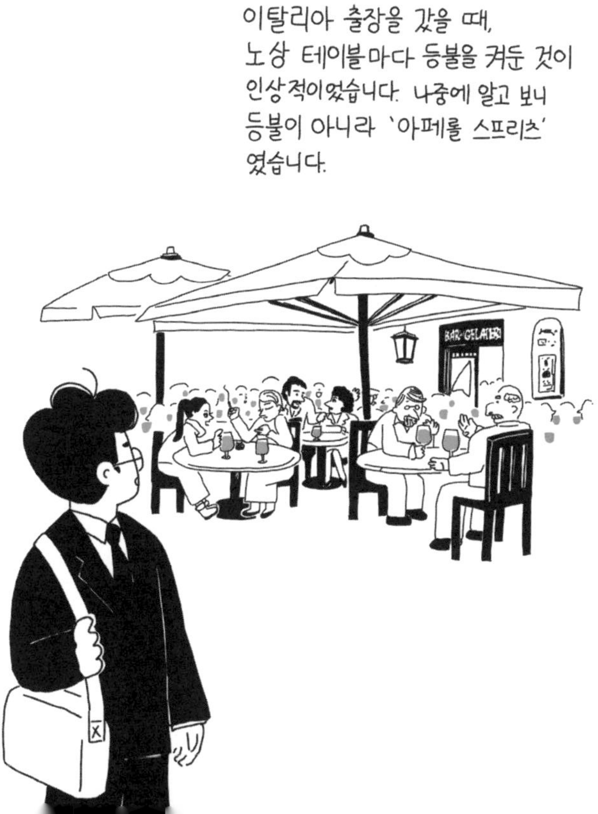

이탈리아 출장을 갔을 때,
노상 테이블마다 등불을 켜둔 것이
인상적이었습니다. 나중에 알고 보니
등불이 아니라 '아페롤 스프리츠'
였습니다.
BAR·GELATERI

한라산과 참이슬

21

🍷 날씨는 서울이 더 좋네.

짧은 연휴를 집에서 보내기 싫어 훌쩍 제주로 넘어왔다. *5*월의 제주는 흐리고 습했다. 더위는 심하지 않지만 습한 정도는 지나치다. 혹시나 확인해 보니 습도가 무려 *95%*. 이 정도면 그냥 물속에 사는 거 아니꽈? 약간은 흐릿한 날씨가 아쉬웠지만, 이건 이거대로 괜찮다. 어차피 술을 마실 작정으로 와서 렌터카도 없다. 그래, 이번 여행은 로컬스럽게 간다. 버스 타고 현지인 느낌으로 돌아다녀 봐야겠다.

제주도의 매력은 명확하다. 비행기를 타고 바다를 건너는 설렘이 그렇고, 섬이라는 공간이 주는 판타지가 그렇다. 탁 트인 바다를 끼고 해안도로를 누비는 쾌감은 또 어떤가. 게다가 무엇보다도 한라산. 제주도에는 한라산이 있다. 아, 물론 소주 얘기다. 한라산 소주는 명실공히 제주도를 대표하는 소주다. 알코올 특유의 맛과 향 없이 깔끔하고 청량한 맛이 일품이다. 최근에는 *17*도짜리 저도수도 출시를 했지만, 오리지널은 여전히 *21*도로 타협 없이 높은 도수를 유지하는 것도 호감이다. 제주에서는 이걸 또 노지로 마신다지.

노지 소주는 지붕 없는 상온에서 보관한 소주를 의미한다. 전기 등 인프라가 열악했던 시절에는 소주를 굳이 냉장 보관을 하지 않고 먹었다고 한다. 지금은 깨끗한 제주도의 물로 한라산 소주를 만들어 노지로 마셔도 좋다는 마케팅을 하고 있다. 제주도에서 노지 한라산을 마실 생각을 하니 벌써 제주도민이 된 기분이다.

친한 후배가 있는 서귀포로 향하는 버스에 몸을 실었다. 오늘 저녁은 로컬들만 찾는 가게에서 후배와 로컬 느낌으로 한잔할 예정이다. 중산간도로를 가로지르며 바라본 제주는 직접 해안도로를 달릴 때와는 또 다른 느낌. 오랜만에 만날 반가운 얼굴 때문인지 가슴이 설렌다.

오늘 투숙할 호텔에 체크인을 마치고 주변을 걸으니 어쩐지 어색하다. 내가 알던 제주도가 맞나 싶다. 왕복 8차선도로에 잘 정비된 건물들 하며, 여느 신도시와 별반 다를 바 없는 모습이다. 차를 타고 주요 관광지만 찾아다닐 때는 보지 못했던 '삶의 터전' 제주도의 모습이 눈에 들어온다. 같은 바닷가여도 관광객들이 몰리는 곳과는 느낌이 많이 다르구나. 공원에 앉아 잠시 책을 읽었을 뿐인데 책장이 물에 젖은 듯 쭈글쭈글해졌다. 비 한 방울 오지 않았는데 이게 무슨 일이람.

약속 시간에 맞춰 후배가 이야기한 식당을 찾았다. 대로변에 덩그러니 위치한 실내 포차다. 짜식, 진짜배기 로컬들만 오는 가게로 안내해 달라고 했더니 정말 제대로 된 곳을 골랐다. 고깃집에서 불에 쫓기듯 고기를 구워 먹는 것도 싫고 제주도 왔다고 무작정 횟집에 가는 것도 식상하던 찰나 아주 탁월한 선택이다. 자리에 앉아 짐짓 현지인이 된 기분으로 술을 먼저 주문했다.

“어멍, 여기 하얀 거 노지 한 병 줍서(어머니, 여기 한라산 하얀 병 노지로 한 병 주세요).”

어색한 제주방언이 조금 쑥스러웠지만 무사히 해냈다. 어멍이 무심하게 툭, 소주를 올려놓고는 돌아선다. 처음 마시는 노지 소주의 맛은 썼다. 으, 이걸 어떻게 먹는담. 누가 시키지도 않은 짓을 하며 제멋대로 한 기대에 스스로 실망하고 말았다. 난감해하고 있던 차 뒤늦게 도착한 후배가 자리에 앉으며 핀잔을 날린다.

“형, 웬 노지 한라산이야? 육지 사람인 거 티 내?”

이게 무슨 소리람? 육지 사람 티를 내다니?

“요즘 제주도 사람 누가 한라산을 마셔. 젊은 애들은 아무도 한라산 안 마셔. 다 참이슬 먹지.”

후배의 말에 놀라 주변을 둘러보니 과연 그랬다. 테이블 위에 올려진 술은 모두 하나같이 시설(냉장 보관된 술을 의미) 참이슬. 한라산을 마시는 사람은 육지 사람인 나뿐이다. 어머님이 무심하게 소주를 놓고 돌아섰을 뿐이라 생각했는데 돌이켜 생각해 보니 핀잔 어린 눈빛이었던 것 같기도 하다.

“아니, 근데 제주도 사람들이 왜 한라산을 안 마시

고 참이슬만 마시는 거야?"

"한라산 너무 독하잖아. 육지 사람들은 제주도에 대한 동경과 환상 때문에 한라산 마시는 것 같은데 여기선 참이슬이 대세야. 한라산은 좀 올드한 이미지?"

듣고 보니 그럴싸하다. 제주도에 대해 가졌던 막연한 환상을 반성하며 주문을 고쳐 했다.

"어머니, 여기 시원한 참이슬 한 병 주세요."

크으. 나에게는 익숙한 맛. 그러나 휴가의 기쁨 덕인지 더 맛있게 느껴진다. 상 위에 올려진 한라산을 바라보며 마시는 참이슬 한 잔. 이보다 더 특별할 수는 없지.

그래도 굳이 굳이 로컬느낌을 더 내봤습니다.
모처럼의 휴간데 이쯤은 괜찮겠지요.

Élevé à NAGANO OBUSE

하지 않는 선택, 오부세 와이너리

RÉSERVE PRIVÉE

Chardonnay

2022

스타일은 무엇을 할지보다 무엇을 하지 않을지를 결정할 때 생겨난다. 무엇을 할지 결정한다는 것은 무엇을 하지 않을지를 결정하는 것과 같다. 나름의 기준을 갖고 하지 않아야 될 것들을 배제하고 나면, 무엇을 해야 할지가 보인다. 그런 작은 고집을 굽히지 않는 시간이 쌓였을 때 비로소 스타일은 드러난다. 이를테면 나의 경우, 메일을 쓸 때는 "~요."라는 말투는 절대 사용하지 않는다. 아무리 친하고 편한 사이라도 업무적인 대화일 때는 절대로 이모티콘은 사용하지 않는 것이 이에 해당한다. 다소 퉁명스러워 보이더라도, 상대방에게 신뢰감을 주는 것이 더 중요하다고 생각해서다.

미디어 취재에는 응하지 않습니다. 와인 콩쿠르에 출품도 하지 않습니다. 유기농 재배를 통해서만 포도를 생산합니다. 인터넷 판매도 하지 않고 영업 사원도 따로 두지 않습니다. 기존 판매처 외에 신규 판매처를 늘릴 예정이 없습니다.

술을 생산한다기보다는 구도자의 길을 걷고 있는 게 아닐까 싶은 생각이 들 정도의 다양한 '하지 않음'을 자사 홈페이지에서 설명하고 있는 이곳은 일본 나가노에 위치한 오부세 와이너리*(Obusé Winery)*다. 일본의 수많은 양조장 중 내가 가장 좋아하는 곳으로, 술을 대하는 자세

와 철학이 특히나 매력적이다. 흔히 내추럴 와인(*Natura Wine*)으로 분류할 수 있는 방식으로 와인을 만드는데, 기준도 철학도 없이 내추럴 와인이라고 주장하는 다른 양조장들의 방식에 환멸을 느낀 후로는 내추럴이라는 명칭 대신 "상 시미(*Sans Chimie*, 프랑스어로 *Without Chemical*이라는 뜻)"를 사용하기 시작했다. 이 상 시미에 이르는 과정을 기록한 내용이 매우 흥미롭다.

> 최근 시장을 바라보면 내추럴 푸드, 내추럴 와인이라는 말을 굉장히 안이하게 사용한다고 생각합니다. 한계까지 신경을 곤두세우고, 마음 아파하면서도 벌레를 포살하고, 뙤약볕에 쓰러지면서도 역병에서 포도를 지켜내는 저희 JAS(*Japanese Agricultural Standard*, 일본농림규격) 유기재배 또는 무화학농약재배 농가를 모독하는 듯한 '안이한 내추럴 와인'에 질려버린 저희는, 라벨에 「Vin Nature」, 「Bio」, 「자연파」를 기재하는 것이 매우 진부하게 느껴져 그것을 그만두기로 하였습니다.
> '맛이 내추럴하니까 내추럴 와인', '아황산을 쓰지 않으니까 내추럴 와인', '화학농약을 한 번밖에 사용하지 않았으니까 내추럴 와인', '내추럴한 차림의 멋진 사람이 만들고 있으니까 내추럴 와인'. 이런 와인들을 세상이 '내추럴'로서 앞으로도 계속 받아들인다면 저희는 방해꾼일 것이고

이 와인 업계에서 사라져야 할 것입니다. 상 시미 와인이니까 대단하다던가, 상 시미가 아니면 와인이 아니라고 말하려는 것은 아닙니다. 저희가 지키고 싶은 것은 명예가 아니라 농부로서의 존엄이며, 그를 통한 정체성입니다.

오부세 와이너리의 술을 처음 먹었을 때는 그 술이 맛있다고 생각하지 않았다. 일본에서도 워낙 구하기가 어려운 술이어서 기대감이 너무 컸기 때문이려니 했다. 그런데 술을 마시고 돌아서니 자꾸만 그 맛이 생각났다. 첫입에 강렬한 인상을 남기지는 않았지만 한없이 자연스럽게 균형 잡힌 맛은 다른 술에서는 맛보지 못한 새로움이었다.

독일의 철학자 니콜라이 하르트만(*Nicolai Hartmann*)은 '형식이 곧 내용이다.'라는 미학 이론을 제시했다. 오부세 와이너리의 술은, 본인들이 납득할 수 있는 술을 만들어내기 위해 철저하게 형식을 추구한 결과물이다. 즉, 그들의 스타일이 곧 내용과 일맥상통한다고 할 수 있다. 새롭기 위해 새로운 것이 아니고 자연스럽기 위해 자연스러운 것이 아닌 완벽한 형식과 내용이 일치한다.

때때로 그들의 철학을 음미할 때면 나 또한 스타일에 사로잡혀 내용을 잃지는 않았나 스스로를 돌아본다.

오부세 와이너리 요모조모

오부세 와이너리는 1867년에 청주 양조장으로 세워진 이후, 사과 발효주인 시드르(Cidre) 제조를 거쳐 현재 와인을 만드는 데에 이르렀다. 현재는 4대째인 소가 아키히코(曽我彰彦)가 운영을 맡고 있다. 오부세 와이너리의 술은 크게 도멘 소가(Domaine Sogga)와 소가 페르 에 피스(Sogga Pere et Fils) 두 종류로 나뉜다. 도멘 소가는 전량 자사 농장에서 수확한 포도를 사용하여 만든 와인에 붙는 이름이고, 소가 페르 에 피스의 경우에는 자사 농장 이외의 포도를 사용한 와인에 붙이는 이름이다. 다양한 포도 품종을 사용하여 다품종소량생산을 하는데 모두 하나같이 기품과 우아함이 느껴지는 훌륭한 와인이다.

오부세 와이너리는 와인 양조를 쉬는 겨울 동안에는 한정적으로 청주를 생산하기도 한다. 다양한 효모를 사용하여 효모별 풍미의 차이를 느낄 수 있게 만든 청주 또한 굉장한 인기여서 매년 구입 난이도가 높아지고 있는 추세다.

동생 소가 다카히코(曽我曽貴彦) 또한 와인을 만들고 있다. 동생의 와이너리는 일본 홋카이도 요이치에 있는데, 재미있게도 이 형제는 한 번도 함께 양조 일을 해본 적이 없다. 미생물 연구원으로 일하던 다카히코가 와인을 만들기로 결심한 이후, 본가인 오부세 와이너리에 합류하려고 했을 때 형인 아키히코는 이것을 맹렬하게 반대했다고 한다. 이유인즉슨 "나는 자아가 굉장히 강한 사람인데, 동생은 그런 나보다도 훨씬 더 자아가 강하다. 우리가 서로 다투지 않고 함께 일을 할 수 있을 리가 없다. 애당초 너는 홋카이도 포도가 좋다고 하지 않았냐."라는 것. 이로 인해 잠시 가정에 불화가 찾아오기도 했지만 결과적으로는 당시의 결정이 옳았음을 서로가 인정한다고 한다. 동생의 와이너리 도멘 다카히코(*Domaine Takahiko*)의 술은 오부세 와이너리의 와인보다도 훨씬 더 구하기가 어렵다. 대표적인 상품인 나나츠모리(*Nana-Tsu-Mori*)는 직접 재배한 피노누아 품종만을 사용하여 만드는데, 최소 4년에서 10년 이상 숙성 후 음용을 권장한다는 이유로 이 원칙을 지킬 수 있는 업장을 중심으로 판매한다. 생산량 또한 극도로 적은 탓에 개인 소비자가 구입하기는 정말이지 하늘의 별 따기. 나 또한 언젠가는 마셔볼 날이 있기를 바랄 뿐이다.

슈와슈와

복순도가 福順都家 손막걸리

🍷 “この喉から感じるシュワシュワがホントに堪んないんだよねぇ*(이 목구멍에서 느껴지는 ‘슈와슈와’가 정말 못 견디게 좋단 말이지)*!”

옆 팀 일본인 상사가 한껏 광대를 올리고 탄성을 내뱉었다. 나이는 40대 중반, 새카맣고 굵은 머리카락과는 대조적으로 앞머리만 새하얗게 세었는데 그 흰머리를 언제나 자랑스럽게 툭툭 올리며 “나는 머리를 많이 써서 항상 이렇게 앞머리에만 흰머리가 난단 말이야.”라고 말하는 게 입버릇인 사람이다.

‘슈와슈와’는 일본어로 거품이 톡톡 터지는 느낌을 말한다. 복순도가의 술은 정말 즐겁다. 탄산은 어쩜 그렇게 직관적으로 배덕감 서린 즐거움을 주는지. 행여나 터질세라 조심조심 뚜껑을 여는 시간에 마음은 안달한다. 무사히 뚜껑을 열면 찾아오는 성취감은 자축하기에 모자람이 없다. 달고 신 거품 톡톡의 맛은 어쩐지 쑥스러운 칭찬 세례를 받는 기분이다. ‘샴페인 막걸리’라는 별명이 정말 적절하다.

나는 대체로 남들이 다 좋다고 하는 것은 괜한 반감에 쉽사리 좋다고 말하는 것을 피해왔다. 세월에도 좀체 무뎌지지 않는 어쩔 수 없는 반골 기질이다. 복순도가 손막걸리도 선풍적인 인기를 끌고 있을 때는 선뜻 손이 가지 않았다. 그러나 그 잘난 체하는 일본인 상사의 순수한 탄성에 이끌려 복순도가를 마셔보니, 그 알기 쉬운 즐거움에 동의하지 않을 수 없었다.

타인의 취향을 좇는 것이 내 취향을 만들어주지 않듯, 대중적으로 인기 있는 것을 무작정 피하는 것 또한 결국 취향이 없는 것과 같다. 정말로 좋은 것은 결국 대중성을 갖추게 된다는 측면에서, 후자가 더 고약하다. 복순도가는 내게 이런 순수한 즐거움을 알려준 술이다. 슈와슈와 찌르르르. 남들이 다 좋다고 하는 데에는 이유가 있기 마련이다.

반골反骨은 글자 그대로 반역을 일으킬법한
뼈 모양을 뜻 합니다. 삼국지의 전략가 제갈량은
위연이라는 장수의 뒤통수가 심하게 튀어나온 걸 보고
그가 역모를 일으킬 거라 예측했습니다.
결국 위연은 모반에 실패하고 죽음을 맞이합니다.

위연의 뒤통수가 어느 정도였는지는 알 길이 없으나
저 역시 상당한 뒤짱구로서 삼국시대에
태어나지 않아 다행일 따름입니다.

고장 난 시계와

겐비시

'용케 안 망하고 아직도 사업을 하고 있네.'

다소 외람되지만, 회사 소개 등을 듣는 자리에서 그 업체가 지나온 발자취를 들을 때면 대체로 이런 생각이 든다. 그도 그럴 것이 기업의 존속은 그 자체로 하나의 기적에 가깝다. 끊임없이 변화하는 사회와 환경에 발맞춰 성장한 회사만이 망하지 않고 사업을 계속 해나갈 수 있다. 승승장구하던 회사가 한순간의 위기에 대처하지 못하고 사라져 버린 사례가 세상에 얼마나 많은가. 어느 연구에 따르면 우리나라 기업의 5년 차 생존율은 30%를 밑돈다고 한다. 그래서 부침을 겪으면서도 위기의 순간에 살아남은 수많은 기업이 자신들의 역사를 기리는 공간을 마련하는 모양이다.

겐비시(*Kenbishi*)는 일본에서 가장 오래된 청주 브랜드다(*가장 오래된 양조장은 아니다*). 일본에서는 청주를 판매하는 곳이라면 동네 슈퍼나 주류 전문점을 가리지 않고 대체로 겐비시를 판매한다. 1505년부터 다섯 개의 가문에 걸쳐 술을 빚어오고 있는 겐비시 주조는, 굉장히 독특한 사훈을 가지고 있다.

"멈춘 시계가 되어라."

수많은 양조장들이 고객의 취향 변화에 발맞춰 새

로운 시도를 하며 성장을 꾀하고 있다는 것을 생각하면, 겐비시의 생존 전략은 그와 정반대를 간다고 볼 수 있다. 겐비시가 이렇게 시류와의 타협을 거부하고 있는 데에는 나름의 이유가 있다. 시대의 변화를 따라간다는 명목 아래 유행을 좇아 매번 다른 맛을 만들어봐야 고객의 취향이 변하는 속도를 따라갈 수는 없다. 어설프게 유행을 따르기보다는 자신 있는 맛 한 가지를 우직하게 지키는 것이 자신들의 가치를 지키는 방식이라는 판단이다. "고장 난 시계도 하루에 두 번은 맞는다."라는 우스갯소리를 한없이 긍정적으로 해석한 셈이다. 고객의 입맛을 좇아가기보다, 고객이 우리의 맛을 찾아오기를 바라며 겐비시는 오랜 세월 변함없는 맛을 한결같이 지켜왔다.

겐비시 주조는 이렇게 같은 맛을 만들어내는 과정을 '올해의 겐비시를 평소의 겐비시로 만든다'고 표현한다. 같은 공정으로 술을 만들어도 그해 쌀의 품질이나 날씨, 그리고 술의 숙성 정도에 따라 조금씩 달라질 수밖에 없는 술의 맛을 블렌딩을 통해 '평소의 맛'으로 되돌리는 것이다. 이 과정에서 가장 중요한 요소는 술의 숙성이다. 이 때문에 겐비시는 굉장히 독특하게도 매년 일본에서 시행되는 전국 신주 감평회(그해 생산된 각 양조장의 술맛을 품평하여 시상하는 대회)에서 최하위를 따는 것을 목표로 삼고 있다. 갓 만들어진 상태에서는 마시기 힘든 정도가 숙성을 통해 자라날 여지가 있다고 보기 때문이다.

겐비시의 오늘을 이어가고 있는 시라카시 마사타카(白樫政孝) 사장은 가장 좋은 탱크의 술만을 엄선하여 블렌딩하는 것이 반드시 좋은 결과를 보장하지는 않는다고 한다. 좋은 것만을 섞게 되면 도리어 서로의 개성이 상쇄되어 따분해지기 쉽다. 반면 아쉬운 점이 눈에 띄는 술끼리 섞었을 때 숨어 있던 개성이 피어나 조화를 이룬다고 한다. 삶도 이와 비슷하지 않을까. 좋은 일이나 행복한 날들만 반복되는 것이 인생은 아니니까. 때로는 힘들고, 고통스러운 날들이 삶을 더 빛나게 해주는 것 같기도 하다.

겐비시를 처음 마셨을 때에는 이 술이 맛있다고 생각하지 않았다. 너무 투박하고 쿰쿰해서 세련미가 떨어진다고 생각해 다시 찾지 않았다. 최근 다시 마신 겐비시의 맛은 내 기억 속의 그것과는 사뭇 달랐다. 쌀의 부근한 단맛에 이어지는 감칠맛과 단정한 산미, 그리고 쌉싸래한 뒷맛. 맛있다. 개성적이면서도 어떤 요리와도 능란하게 어우러진다. 감히 삶의 오미(五味)가 이 술 한잔에 담겼다고 말해본다. 술이 달라진 것은 없겠지. 그저 내 안에 세월이 쌓이며 어느덧 나의 입맛도 겐비시의 시계와 맞아가기 시작한 모양이다.

외할아버지와 해장술

부산에 계신 외할아버지가 돌아가셨다. 오늘 새벽의 일이다. 누구보다 정정하시던 외할아버지는 6개월쯤 전 신발을 사러 갔다 돌아오시는 길에 발을 헛디뎌 넘어지셨는데 넘어진 모양새가 좋지 않았는지 전신마비가 되어버리셨다. 직장 생활로 바빠 오래도록 뵙지 못한 나로서는 쉽게 믿기지 않는 허무한 소식이었다. 입원한 뒤로는 목 위로만 감각이 남아 있다고 했다. 옴짝달싹할 수 없으나 감각은 남아 있는 탓에, 빗으로 머리를 빗겨 드리면 야윈 얼굴로 시원하다며 속삭이시더라 하며 어머니는 눈물을 훔쳤다. 그 얘기를 들은 게 3주 전쯤이다. 그리고 오늘 새벽 덜컥 숨을 거두셨다고 한다. 아침 6시 반의 일이다. 나는 오늘 나가사키로 1박 2일간 출장을 가야 한다. 이럴 때는 어떻게 해야 하지. 갑작스레 출장을 갈 수 없게 되었다고 연락하기에는 너무 이른 시간이고, 대타를 세우기에는 너무 촉박하다. 오늘 예정된 미팅은 거래 성사를 위해 반드시 필요한 중요한 미팅이다.

"출장 갔다 와."

붉은 눈시울로 어머니가 말했다.

"갔다가 끝나면 와."

남 일처럼 말하는 것 같기도 하고 어쩐지 서운함이 묻어 있는 것처럼 들리기도 했다. 잠이 덜 깬 탓인지 나는 그 두 가지를 분별할 수 없었다. 엄마는 항상 외할아버지에게 내가 특별한 손자였노라 말했다. 유달리 엄하고 가부장적이었던 당신의 부친이 갓난쟁이인 나를 업었던 것이 그토록이나 특별한 기억이었던 듯, 귀한 유리알을 닦는 것처럼 잊을 만하면 나에게 그 이야기를 들려주곤 했다. 엄마의 이야기는 내가 외할아버지와 그리 많은 추억을 쌓지 않았음에도 내게 외할아버지를 특별한 존재로 만들어주었다.

출장은 미룰 수 없다. 내가 가지 않을 방법도 없다. 그러나 외할아버지의 장례식 역시, 내가 참석하지 않을 도리가 없다. 출국 탑승권을 발급하며 귀국 편을 그날 저녁의 것으로 변경했다. 함께 가는 고객사의 팀장님에겐 사정을 설명하여 양해를 구했다.

"죄송합니다. 오늘 회식은 참석 못 할 것 같습니다."

"이 과장은 신경 쓰지 말고 할아버님 잘 보내드리고 와. 계약 건은 미팅 시간 내에 이야기 마무리하자고. 회식 때는 내가 그래도 일본어 좀 하니까 걱정하지 말고."

이 팀장님은 술만 들어가면 무슨 언어로든 아무튼 대화를 해내는 신묘한 능력의 소유자다. 그래서인지 '좀 한다'는 일본어가 '하이, 소우데스카'에서 크게 벗어나지 않는 수준인 걸 알고 있음에도 신기할 정도로 걱정되지 않았다.

많은 이의 배려로 무사히 출장도, 장례식도 마칠 수 있었다. 지칠 대로 지친 몸을 이끌고 가족 모두 외할아버지가 살아생전 참 좋아하시던 <초원복국>으로 향했다. 외할아버지는 <초원복국>의 오랜 단골이셨다. 그를 따라 나도 어릴 적부터 종종 그곳을 찾았다. 언제 가도 다정하고 따듯하게 속을 풀어주는 맛. 언제부턴가 나는 그곳이 해장으로 더 익숙하다. 외할아버지가 술을 드시는 모습은 단 한 번도 본 적이 없다. 하지만 부산에 오면 <초원복국>에서 해장하는 버릇 덕분에 나는 어쩐지 외할아버지에게 술을 배운 것 같은 기분이 든다.

가시기 전에 시원하게 머리라도 한번 빗겨 드릴걸. 할아버지, 손주는 할아버지 덕분에 속 잘 풀고 지냅니다. 조만간 따듯한 복국 한 그릇 올리러 갈게요.

萬壽

따듯한 두부와 아쓰간

*12*월 *31*일. 예전 회사에 다닐 때 *1*년의 마지막 날은 대체로 출근하지 않았다. 좋은 회사에 다녀서 그렇다는 친구들의 시샘 어린 타박을 제법 받았는데, 네 그러네요. 다닐 땐 몰랐는데 그만두고 보니 참 좋은 회사였어요. 아무튼, 그러다 보니 내 나름대로 한 해를 마무리하는 의식 같은 행위를 하는 것이 나름의 루틴으로 자리 잡았다. 뭐, 혼자서 하는 송구영신이랄까. 그렇다고 새벽부터 산에 오르거나 정동진까지 가서 첫 해돋이를 보는 그런 타입은 아니다. 그냥 조용히 혼자서 한잔하며 지난 *1*년을 돌아보는 정도다.

일단 아침에 눈을 뜨면 씻고 잠시 밖에 나가 걷는다. 날이 춥다고 종일 누워 있다가 저녁에 갑자기 뭘 하려고 하면 귀찮음이 앞서서 경건한 느낌을 해친다. 미리미리 몸을 좀 움직여 줘야 한다. 간단히 걷고 돌아오면 점심은 떡국을 먹는다. 아직 새해도 아닌데 웬 떡국이람, 하겠지만 그것이 우리 집 스타일이다. 겨울에는 점심으로 내내 떡국만 먹는다. 참기름에 소고기를 대충 볶고, 물, 떡, 간장을 넣어 바라락 끓여서 달걀 휘휘 풀어 넣으면 끝. 먹기 전에 후추와 김은 필수다. 조리 과정이 물 흐르듯 익숙해지면 라면만큼 쉽다.

배가 든든해지면 저녁에 술 마시며 뭘 볼지 결정해야 한다. 옛날에는 적당히 채널을 돌리다가 볼만한 거 있으면 멈추고 그걸 봤다. 요즘은 OTT 서비스가 많아져서 미리미리 정해두어야 한다. 안 그러면 뭘 볼지 궁리하다가 밤새우기에 십상이다. 이렇게 중요한 날에는 새로운 걸 보는 모험보다는 좋아하는 영화를 다시 보는 안전함을 지향한다.

여기까지 끝났으면 이제 휴일을 맘껏 즐긴다. 있는 힘껏 빈둥빈둥. 침대에 누워 아무것도 하지 않는다. 가장 바쁜 시간이다. 이때 충분히 빈둥거려 두어야 이따가 성실하게 1년을 반추할 수 있다. 내년엔 어디로 놀러 가지? 만화책 『헌터×헌터』는 언제 연재를 다시 하는 걸까? 차장 승진은 몇 년 남았더라? 차장이 될 수는 있을까? 근데 정년까지는 얼마나 남은 거지? 정년까지 회사 다니려나? 퇴직하면 뭐 하지? 배를 만들어볼까? 아니, 그건 내년부터라도? 고래를 보러 갈까? 향유고래는 서서 잠을 잔다던데…. 이런저런 상상의 나래를 펼치다 보면 어느덧 해가 저물어온다.

만찬을 준비할 시간이다. 한 해를 마무리하는 날에는 따듯한 두부와 따듯하게 데운 사케 아쓰칸(あつかん)을 마신다. 실제로 대단한 의미가 있는 건 아니지만 의미가 있어 보이는 느낌이 좋다. 적당히 정갈해서 과음도 과식도 하지 않게 되는 산뜻한 주안상이다.

두부는 되도록 해수 두부를 사용한다. 바닷물을 간수로 사용해서 따로 간을 하지 않아도 맛이 좋다. 작은 뚝배기에 다시마 한 조각 던져 넣고 끓인 물을 육수로 사용한다. 다시마는 오래 두면 떫은맛이 배어 나오므로 물이 팔팔 끓기 전에 꺼내준다. 뜨거운 물에 두부를 넣고 두부가 데워지길 조금 기다리면 끝이다. 쪽파 송송 썰어 얹고 킥으로 생강가루 톡톡 뿌려주면 겨울밤을 후끈하게 해줄 따뜻한 두부 안주 완성이다.

함께할 술은 지난번 출장 때 거래처에서 선물받은 구보타 만주(*Kubota Manjyu*)다. 너무 유명하고 뻔하다는 생각에 사소한 실망조차 한 입 마시면 사르르 녹여주는 명주다. 센주(千寿)도 아니고 만주(萬寿)씩이나 주시다니, 나 제법 귀빈인지도.

술을 데울 때에는 편안함을 최고로 여기는지라, 육수를 끓일 때 도쿠리(德利, *목이 잘록한 술병*) 를 한데 넣어버릴 때도 있다. 오늘처럼 뚝배기가 작을 때에는 끓인 물이 담긴 냄비에 3~5분 정도 도쿠리를 담가두면 적당한 온도로 데워진다. 나는 50℃ 언저리까지 좀 뜨겁게 데워서 호호 불어 마시는 걸 즐기는 편이다. 차가울 때는 무뚝뚝한 인상이었던 술도 이렇게 한번 데워주면 나긋나긋한 향기와 부드러운 풍미가 매력적인 술로 변신하는 경우도 많다. 데운 술이 너무 독하게 느껴진다 싶을 때는 술에 물을 조금 섞어서 데우는 것도 좋은 방법이다.

따듯한 두부를 젓가락으로 잘라 간장을 콕 찍어 한 입 먹고, 따듯한 술을 호록 넘겨 입을 정리하면, 나름대로 요란했던 지난 1년의 파도가 차분한 잔물결로 가라앉는다. 언제나 이 시간은 기묘한 기분이다. 매번 겪어본 적 없는 새로운 사건과 사고만 가득했던 것 같다는 생각과 매년 비슷한 1년을 보낸다는 생각이 교차한다. 어제와 다른 오늘과, 오늘과 비슷한 내일이 내 안에 축적되는 실감이 든다.

따듯한 두부와 사케라는 공통점은 있지만 내용은 조금씩 다른 매년 마지막 날의 조촐한 나만의 만찬. 술 한 잔, 인생 한 입. 올 한 해도 이렇게 저물어간다. 내년에도 잘 부탁드립니다.

한 해의 마무리.
이 정도면 좋다-는 느낌이 좋습니다.

Epilogue

You are what you eat! You are what you drink!

🍷 오징어는 양식이 안 된다. 오징어의 주된 먹이는 보통 새우나 게 같은 갑각류인데, 이들은 오징어보다 비싸서 오징어 양식을 할 경우 수지가 전혀 맞지 않기 때문이다. 자연환경에서 본인보다 몸값 비싼 먹이를 열심히 잡아먹고 살을 찌운 오징어가 맛있는 건 당연한 이치다.

"You are what you eat." 내가 좋아하는 말이다. 내가 먹는 것이 곧 나를 만든다는 자연의 섭리. 비단 사람에게만 해당하는 이야기는 아니다. 소만 하더라도 그렇다. 소는 무엇을 먹고 자랄지 묻는다면 여물이나 건초를 먼저 떠올릴지 모르겠다. 그러나 많은 이가 열광하는 1++ 한우의 기름진 육질을 위해 필수적인 요소는 바로 옥수수다. 초원에서 풀을 뜯는 소의 이미지가 자연스러운 반면 옥수수를 먹는 소의 이미지는 매우 어색하겠지만 엄연한 사실이다.

일본에서는 방어를 양식할 때 유자 껍질을 배합한 사료를 먹이기도 한다. 이렇게 자란 방어는 살에서 유자

향이 은은하게 나서 기름지면서도 매우 산뜻한 맛이 나는 별미라고 한다. 그렇다면 나는 무엇으로 이루어져 있을까. 대체로 고기, 끊을 수 없는 면식의 즐거움, 그리고 헤아릴 수 없이 많은 술, 술, 술.

돌이켜 보면 참 다양한 술을 마셔왔다. 모든 술이 옳다거나 이런 술은 절대 안 된다는 생각은 술을 마실수록 사라져갔다. 다만 화풀이로 술을 마시는 일만큼은 하지 않으려 애썼다. 술은 왜 마시는 걸까. 술은 마시되 취하고 싶지 않다는 것은 어불성설이다. 취하기 때문에 술을 마신다. 하지만 취하기 위해 술을 마시는 것 또한 멋스럽지 않다. 통제력을 잃고 추태를 부릴 정도의 흥취가 필요한 나이는 이미 오래전에 지났다. 마시다 보니 취향이 생기고, 변하고, 호기심이 이끄는 대로 저변을 확장해 나갔다. 구하기 어려운 술을 찾아 헤매고, 직접 술을 빚어보기도 하고, 칵테일을 만들어보기도 했다. 이런 과정은 비단 나만의 이야기가 아닌 모든 술꾼에게 공통된 일이라 생각한다. 돌이켜 보니 술 마시는 데에 투자한 돈이 얼만가. 술꾼 또한 양식할 수 없는 존재인 모양이다.

이 과장의 퇴근주

: 퇴근 후 시작되는 이 과장의 은밀한 사생활

초판 1쇄 인쇄 2022년 8월 23일
초판 1쇄 발행 2022년 8월 31일

지은이 이창협, 양유미
펴낸이 이준경
편집장 이찬희
책임 편집 김아영
책임 디자인 김정현
디자인 정미정
마케팅 이수련
펴낸곳 지콜론북

출판등록 2011년 1월 6일 제406-2011-000003호
주소 경기도 파주시 문발로 242 3층
전화 031-955-4955
팩스 031-955-4959
홈페이지 www.gcolon.co.kr
트위터 @g_colon
페이스북 /gcolonbook
인스타그램 @g_colonbook

ISBN 979-11-91059-31-1 03810
값 15,800원

잘못된 책은 구입한 곳에서 교환해 드립니다.
지콜론북은 예술과 문화, 일상의 소통을 꿈꾸는 ㈜영진미디어의 출판 브랜드입니다.